KB161853

경성좀비탐정록

경성 좀비 탐정록

발행 | 2015년 7월 3일
지은이 | 김재성

경성 좀비 탐정록

김재성

장편소설

차 례

1. 청계천 잭 더 리퍼 ······6

2. 경성의 명탐정 민치우 ······13

3. 요시무라 중위 ······19

4. 청계천 잭 더 리퍼 두 번째 사건 ···25

5. 민치우 탐정사무소 ······35

6. 세 번째 희생자 ······41

7. 모던보이 김산 ······59

8. 작전 Z ······74

9. 개선 행진 ······83

10. 민치우와 함께 찰스턴을 추다 ···92

11. 무녀 이성녀 ······101

12. 선무당이 무녀를 잡다 ······113

13. 살아난 대갈 대감 ······122

14. 죽첨동 살인 사건 ······131

15. 무녀를 납치하라 ······138

16. 백백교의 비밀 ······152

17. 송서원 파티 ······157

18. 종로 경찰서 ······166

19. 진고개 좀비 소탕 작전 ······173

20. 경시청, 관동군에 도움을 청하다··188

21. 좀비들 철책을 넘다 ······196

22. 좀비, 청계천에 나타나다 ······209

23. 독립군가 ······221

24. 좀비에 물리다 ······231

25. 경성 폭격 ······244

26. 에필로그 ······251

후기 ······257

1.
청계천 잭 더 리퍼

모던걸들 행동을 조신하게 해야 할 듯

이화학당 무용과 3학년 여학생이 실종 이틀만에 청계천 수표교에서 참혹한 주검으로 발견되다.

지난 18일 밤 이화학당 여학생 조수희가 보이프렌드 김 모 군과 종로통에서 댄스파티를 한 뒤 실종되었다. 김 모 군에 의하면 조수희는 댄스파티 후 화신백화점에서 쇼핑을 하고 황금정 바에서 새벽까지 술을 마셨다고 했다. 종로 경찰서의 집중 수사에도 발견되지 않았던 그녀는 오늘 새벽 청계천 수표교에서 난도질된 시체로 발견되었다. 시체는 해부를 한 듯 파헤쳐져 있었고 내부 장기들이 주변에 흩어져 있었다. 그중 몇몇 장기는 발견되지 않았다. 사십여 년 전 영국에서 발생했던 미제 엽기 살인 사건, '잭 리퍼' 사건과 유사한 점이 많아 경시청을 긴장시키고 있다.

이 사건이 사회적으로 시사하는 점이 크다고 할 것이다.

첫째, 등잔 밑이 어둡다는 속담이다. 종로 경찰서에서 수표교까지는 엎어지면 코 닿을 거리다. 이곳에서 젊은 여인이 납치되고 살육되는 이틀 동안 종로 경찰서는 무엇을 하였는가? 범인 검거 능력과 수사력의 한계를 드러내는 일이라 아니 할 수 없다. 범인이 종로 경찰들을 모멸하기 위해 벌인 사건이라고도 보인다.

둘째, 황국이 전시체제인 상황 하에 남녀가 손을 붙잡고 춤을 추는 댄스파티를 벌인다는 것은 엄중히 훈계 받아야 한다. 또한 아녀자가 야심한 밤에 돌아다니는 것은 범죄를 불러들이는 행위라 아니 할 수 없다. 그러므로 경시청의 조속한 범인 검거와 아울러 모던걸들의 조신한 몸가짐을 촉구하는 바이다.

1932년 7월 20일 동아일보
구형보 기자

"빠가야로!"

종로 경찰서장, 기무라 타로 서장은 신문을 받아들고 소리를 질렀다.

생쥐처럼 조잡한 얼굴이 잔뜩 일그러졌다. 힘껏 움켜쥐어서 창백해진 손가락에 서장의 분노가 표출되었다.

순사 생활 십여 년 동안 오늘처럼 모멸감을 느낀 적은 없었다. 범인은 경성의 심장부 종로 경찰서에 전쟁을 선포한 것이다.

"아직 용의자를 검거하지 못했나?"

그는 부하 순사들을 향해 빽 소리를 쳤다.

"청계천 판자촌에만 수백 명의 거지들이 살고 있습니다. 직업도 없고 범죄형 인간도 너무 많아서요."

"용의자가 너무 많아서 검거가 어렵단 말이군. 무슨 개뼈다귀 같은 소리야! 조금이라도 수상한 사람은 모두 잡아와!"

기무라 서장은 젊은 순사들을 향해 다시 버럭 소리를 질렀다.

순사들은 진행 중이던 종로통 야시장 강도 사건 조사를 중단하고 모두 청계천으로 달렸다. 시체가 발견된 현장부터 청계천 양끝까지 제복을 입고 칼을 찬 순사들이 거닐었다. 그들은 힘깨나 쓸 만한 남자나 인상이 험악한 사람, 강도나 좀도둑 경력이 있는 자들은 모두 잡아들였다.

순식간에 종로 경찰서 유치장이 거지들로 가득 찼다. 그들 몸에서 진동하는 악취가 코를 찔렀다.

"네가 여자를 죽였지? 두 번이나 전과가 있잖아?"

마스크를 쓴 기무라 서장이 직접 취조를 시작했다. 유치장에 갇힌 용의자 중에서 전과가 있는 자들이 먼저 불려나왔다.

"먹고살겠다고 인력거 훔친 일밖에 없습니다. 전 사람은 안 죽였어요."

얼굴에 칼자국이 난 사내가 손사래를 쳤다. 하지만 그에게 돌아온 것은 몽둥이 세례였다.

"아이쿠, 사람 죽네!"

취조실 여기저기서 용의자들의 비명이 울렸다.

순사들이 하루 종일 수십 명의 용의자를 고문했지만 아무 단서도 얻지 못했다.

"엊그제 새벽녘 수표교 쪽에서 여자 비명을 들었어요."

순사들과 용의자들이 지쳐 가는 늦은 저녁이었다. 수표교 근처 판잣집에서 잡혀온 한 남자의 말에 모든 사람들이 숨을 죽였다. 염소처럼 지저분한 수염을 기른 중년 남자는 깡마른 얼굴을 붉혔다.

"누가 여자를 죽이던가? 푸줏간 남자던가?"

기무라 서장이 인내심을 잃고 불쑥 질문했다.

"청계천에서는 아낙네들이 얻어맞고 악다구니 쓰는 일이 다반사라 나가보지 않았지요."

"이런 빠가야로! 누가 죽였는지 보지 못했단 말인가?"

기무라 서장이 사내의 따귀를 갈겼다. 사내는 한동안 얼굴을 부여잡고 몸을 움츠렸다.

"여자 목소리가 곱고 어렸어요. 판자촌 사람이 아니라는 생각이 들었습니다. 이곳 여편네들은 악따귀밖에 남은 것이 없으니까요."

남자는 잠시 정신을 가다듬으며 말했다.

"그럼 밖으로 나가서 동정을 살폈어야지!"

"그것이 황국 시민의 의무 아닌가?"

옆에 둘러선 젊은 순사들이 한마디씩 거들었다.

"여자 목소리밖에 듣지 못했나? 혹시 범인 목소리는 들리지 않았어?"

기무라 서장이 조심스레 물었다. 잔뜩 기대가 실린 질문이었다.

"여자 목소리밖에 안 들리던뎁쇼. 근데 여자 목소리가 처절했어요. 그렇게 섬뜩한 비명은 들은 적이 없어요."

"그때가 몇 시각이나 되었나?"

서장이 물었다.

"비명을 듣고 조금 뒤에 청계천에 소피를 보았습니다. 요즘 아침잠이 없어져서 인시(새벽 3시)경에 일어나 소피를 보는데 그 정도 시각이었던 것 같습니다."

"청계천에서 소피를 볼 때 수표교 쪽은 보지 않았나?"

한 순사가 물었다. 짙은 눈썹 아래로 돌출된 커다란 아래턱이 인상적이었다.

"비몽사몽간이라 잘 기억이 안 납니다. 아! 그런데 수표교에서 갑자기 뭔가 뛰어내리더군요. 도둑고양인지, 주인 없는 들개인지는 알 수 없었어요. 어둑해서 자세히 보이지 않았습니다."

"잘 생각해보게. 수표교에서 청계천으로 뛰어내렸다면 분명 물소리가 났을 게야. 물소리는 컸나?"

기무라 서장이 쭉 찢어진 눈으로 남자를 응시했다.

"물소리가 컸습니다. '텀벙' 하는 소리로 보아 고양이는 아니고, 개도 엄청 큰 군용견 같았습니다. 아! 생각나요. 내가 꿈을 꿨나 생각했는데 이제 보니 정말 본 것 같아요. 그때 강물을 내려다봤는데 강물에서 네 발 달린 동물이 나를 올려다봤습니다."

기무라 서장의 입꼬리가 올라갔다. 서장은 무언가 실타래가 풀리는 것을 느꼈다.

"그 짐승은 어떤 짐승이었나?"

"전에 본 적 없는 짐승이었습니다. 군이 설명을 하자면 광화문 앞에 서 있는 석조를 닮았습니다."

"광화문 앞 석조? 해태?"

"호랑이 같은 얼굴에 송곳니가 번쩍이는 무서운 얼굴! 바로 해태의 얼굴이었습니다."

빨간 딸기코를 한 남자는 이가 서너 개 빠진 입을 벌려 미소를 지었다. 둘러선 순사들이 고개를 저었다.

"정말이라니까요. 털이 다 빠진 머리에는 주름이 가득하고, 둥그런 얼굴에 이빨이 날카로운 해태였어요."

"어둑어둑했다더니 어떻게 보았나?

"그때 보름달이 구름에서 나왔어요. 보름달이 강물에 반사되어 짐승을 훤히 보여줬다니까요."

"너 그때 술 마시고 있었지?"

"제가 맨날 마시는 게 술입죠."

"빠가야로!"

남자가 말을 마치기 무섭게 서장이 남자의 따귀를 갈겼다.

"당신 누구야? 거기 서지 못해!"

그때 한 순사가 취조실 앞을 어슬렁거리는 남자를 향해 소리쳤다. 중절모에 양복 차림의 남자가 한 손에 수첩을 들고 출구를 향해 뛰었다.

"저 친구 김산 아니야?"

"동아일보 정보원입니다. 내일 보도가 걱정되는군요."

순사들이 우울하게 말했다.

2.
경성의 명탐정 민치우

경성 인물 탐방

경성의 명탐정 민치우

경성의 명사를 있는 그대로 소개하는 경성 인물 탐방에서 이번주에는 민치우 치과의사를 소개한다. 본 기자는 미루던 충치 치료도 받을 겸 환자로 위장하여 민치우 치과의원에 잠입했다. 소문으로 듣던 대로 민치우는 아픈 이를 치료하고 금니를 씌워주는 평범한 치과의가 아니었다. 그는 의학적인 지식을 바탕으로 범죄 수사를 도와주는 명탐정이었다. 사십여 년 전 영국에서 발표되이 전세계적으로 선풍적인 인기를 얻고 있는 셜록 홈즈에 비교되는 경성의 명탐정이다. 지금부터 그를 비밀리에 취재한 기사를 소개한다.

민치우는 함경도의 부유한 가정에서 태어나 1920년 치과의가 되었다. 그는 죽음의 그림자 속에서 유년기를 보냈다고 한다. 어려서 역병에 걸려 죽음의 고비를 넘나들었기 때문이다. 부모가 인육을 먹여 사경에서 살려 냈다는 소문도 들을 수 있었다. 그래서일까? 그는 밤에는 악몽을 꾸고 낮에도 죽음에 집착했다고 한다. 동물 시체를 해부하고 살인 사건을 다룬 정탐소설(偵探小說)에 심취했다고 한다. 치과 대기실은 일본 정탐소설과 영문으로 된 정탐소설로 가득했다. 기자가 진료를 기다리며 뽑아 본 것은 김내성과 이광수, 그리고 북극성의 정탐소설이었다.

그래서인지 그는 치아만 보고도 많은 것을 알아내었다. 그 사람의 나이와 성별뿐만이 아니라 직업과 습관, 그리고 혈통까지 맞춰내는 것을 보고 본 기자는 혀를 내두를 수밖에 없었다.

하지만 민치우의 지인들은 민치우를 여자와 파티를 광적으로 즐기는 플레이보이로 기억했다. 그래서인지 '이 해 박는 집'[1]에는 많은 기생들과 한량들로 가득했다. 민치우가 낮에는 몰려드는 기생들의 치아를 치료하고 밤에는 그녀들의 치마폭에 빠져 지낸다는 소문이 장안에 가득하다. 이는 민치우의 외양을 보면 이해가 가는 일이다. 민치우는

---

1. 20세기 초 경성에는 일본인 치과에서 치과 일을 배운 자들이 차린 치과가 많았다. 이렇듯 정식 치과 교육을 받지 않은 자들이 차린 치과를 이 해 박는 집이라고 한다. 이 글에서는 이 해 박는 집과 치과를 혼용하여 사용하였다.

멋들어진 모던보이다. 찰리 채플린과 같은 멋진 콧수염을 기르고 검은 실크햇과 양복 차림의 멋쟁이인 것이다.

이처럼 여러 가지로 유명한 민치우는 우리 경성에 있어 소중한 존재이다. 그가 없다면 경성의 수많은 미제 사건은 누가 해결해줄 것인가? 작금의 흉악범죄에 실마리도 잡지 못하는 경성 경찰을 보며 민치우 원장에게 감사를 보내는 바이다.

1932년 7월 20일 동아일보

구형보 기자

"이 기사를 쓴 기자가 치과에 왔을 때 난 이미 그자를 알아보았어. 그자가 얼뜨기 기자이며 주목적이 치과 치료가 아니라는 것을."

신문 기사를 가리키며 민치우 원장이 말했다. 그는 진료가 끝난 치과에서 향춘이와 단둘이 마주앉아 있었다.

"그 자가 잠입한 신문 기자인 줄은 어찌 아셨어요?"

기생 향춘이가 젖살이 남은 눈자위를 찡그렸다.

"그 자는 복식부터 남달랐지."

"어떤 옷을 입고 있었나요?"

"딴에는 기자라고 양복 주머니에 수첩을 넣고 있더군. 불룩하게 삐져나온 수첩과 양복 가슴 주머니에 꽂은 만년필로 보아 기자 나부랭이라는 것을 짐작하게 되었어. 하지만 정식 기자는 아니야. 낡은 맥고모자에 좀약 냄새가 진동하는 철 지난 양복을 입고 있었거든. 칠이 벗겨지고 부러지기 직전의 스틱도 겨드랑이에 끼고서 말이야. 머릿속에 든 것은 있는데 변변히 풀어먹을 직장이 없는 경성 젊은이의 복식이지. 아마 글재주가 부족한 기자를 위해 익명으로 글을 써주는 유령 기자일 게야."

민치우의 이야기는 거침없이 이어졌다.

"그런데 그 기자가 원장님 기사를 쓸 줄은 어떻게 알았어요?"

"그 자는 치과에 들어서자마자 주변을 유난히 두리번거렸어. 대기실의 곳곳을 샅샅이 훑어보기도 하고 꽂혀 있는 책들도 뽑아보더군. 그 잘난 수첩에 열심히 적어 대면서 말이야."

"그런데 원장님, 진료는 안 하셨어요? 대기실에서 일어난 일들을 어떻게 그리도 소상하게 알고 계세요?"

"진료실 천장에 달린 볼록 거울을 보고 알았지."

민치우 원장의 설명을 듣고 나자 향춘이는 간단한 사실만으로 그렇게 많은 사실을 알 수 있다는 것이 신기했다.

"자, 지루한 이야기는 그만하고 지하실로 내려가자."

민치우가 향춘이를 안고 지하실 계단을 내려갔다. 지하실에 처음 들어선 향춘이는 가냘픈 몸을 움츠렸다.

넓은 지하실에는 수백 개의 해골이 전시되어 있었다. 루돌프 마틴이 발명한 촉각계와 수많은 계측 장비들이 해골 위에 얹혀 있었고 해골에 붙은 조직을 제거하기 위한 화약약품과 전기톱도 설치되어 있었다.

"사, 사람 살려!"

납골당보다 괴기스런 모습을 본 향춘이는 기겁하여 도망치려 했다. 하지만 민치우는 그녀를 금속 테이블에 넘어뜨렸다.

잠시 후 해부용 테이블에 나체의 여성이 결박되었다.

"죽음은 아름다운 것. 탄력 있는 젖가슴도 먼지가 되리니. 필멸의 육신은 처절하게 아름답다. 내가 너의 아름다움을 박제하리라."

민치우는 향춘이의 봉긋한 가슴을 어루만졌다.

"선생님, 왜 이런 짓을 하세요?"

향춘이가 몸부림쳤다.

"경술국치 다음해인 1911년 5월부터 총독부는 조선인의 두상을 연구해왔어. 조선인의 인종적 형질을 파악해 영구히 지배하려는 술책이지. 하지만 우리가 우리 자신에 대해 아는 것은 무엇인가?"

자괴감이 깃든 목소리였다.

조선총독부는 조선의 전국 127개 군에서 각각 50~70명의 조선인의 사진을 찍어 모았다. 수많은 조선인들의 정면과 측면 사진에서 얻은 인종적 형질을 식민 통치에 이용하려는 음모였다.

민치우가 향춘에게 내민 사진 몇 장 속에는 겁에 질린 표정들이 박제되어 있었다. 향춘이는 민치우의 기이한 행동에도 뭔가 큰 뜻이 있으리라 짐작하고 이내 양순해졌다. 민치우는 곧 치과용 본을 뜨는 알지네이트 인상재를 반죽해 눈부시게 흰 향춘의 나신 위에 부었다.

오 분 정도 지나자 향준이의 매끈한 몸매가 복제되었다. 민치우는 여성의 아름다운 나신을 본뜬 인상재 안에 석고를 부었다. 이렇게 기생들의 얼굴과 신체의 본을 떠서 석고 인형을 만드는 것이 민치우의 기이한 취미 중 하나였다.

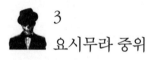

3
요시무라 중위

1932년 7월 13일 오후 4시.
청계천 살인 사건 발생 일주일 전.

낡은 군복 차림의 삼십 대 초반의 군인이 경성역에 내렸다.
덥수룩한 수염과 먼지가 앉은 군복이 그를 패잔병처럼 보이게 했다.
흰자위는 붉게 충혈 되었고 두 눈동자는 지옥을 본 사람처럼 확장되
어 있었다. 반쯤 벌린 입에서는 이따금씩 침이 흘렀다. 중위 계급장과
'요시무라'라는 이름표만이 그가 가진 명료함의 전부였다.

그가 타고 온 증기 기관차는 경의신 기차였다.

검은 석탄 연기와 흰 수증기를 뿜어 올리며 증기 기관차는 만주에서 신의주역까지 달렸다. 그곳에서 요시무라 중위는 다시 기차를 갈아타고 경성역까지 왔다. 꼬박 이틀이 걸리는 여행이었다. 그는 경성에 더 빨리 올 수만 있었다면 어떤 수단이라도 취했을 것이다. 그의 얼굴에서는 다급함이 넘쳐흘렀다. 그는 양 호주머니에 든 물건을 번갈아 주물럭거리며 마른 논바닥 같은 입술을 갈라진 혀로 적셨다.

목적지에 도착한 남자가 경성역을 돌아보았다. 부산에서 올라온 사람들, 신의주에서 내려온 사람들이 뒤섞여 혼잡했다. 맥고모자를 쓰고 양복을 차려입은 남자, 나팔바지를 입고 모던걸의 손을 잡은 사람, 갓 쓰고 한복 입은 노인, 교복 입은 학생들이 서울역을 나간 뒤 전차를 타기 위해 길게 줄을 늘어섰다.

그는 서울역사를 나서며 시계를 바라보았다. 7년 전 르네상스 양식으로 지어진 서울역사에는 시계가 달려 있었다. 커다란 시침은 오후 4시를 가리키고 있었다. 종로통으로 가기에는 아직 이른 시간이었다.

남자는 다시 역사로 들어갔다. 서울역사 안에 있는 이발소에서 머리를 다듬고 면도를 하다보면 종로통에도 휘황한 네온이 밝혀질 것이다.

석조로 장식된 으리으리한 이발소에서 머리를 깎는 것은 오랜만의 사치였다. 만주에서 군 이발사에게 녹슨 바리캉으로 머리카락이 뜯기던 생각에 몸서리를 쳤다. 고슴도치와 같은 머리 모양을 생각하면 헛

웃음이 나왔다. 하지만 민간 이발사의 손길은 섬세했다. 면도하는 여급의 손길이 불끈 욕정을 불러일으켰다.

머리를 말리고 포마드를 바르며 이발사가 무언가 말했다.

"요즘 밤마다 비행기 소리가 요란하죠?"

"야간 점등이 잦아졌어요."

"관동군이 난징을 점령한 것이 사실입니까?"

이발사는 남자의 제복을 바라보며 끝없이 이야기를 쏟아냈다. 그가 입은 감색 제복이 저토록 많은 궁금증과 이야깃거리를 떠올리게 하는 것일까?

하지만 요시무라의 생각은 뿌연 안개 속을 헤맬 뿐이었다. 안개 속에서 한 여인의 얼굴이 떠올랐다. 둥글고 커다란 눈동자가 번쩍 열리며 요시무라를 바라보았다. 작지만 오똑한 코밑으로 뾰로통하게 내민 입술이 앵두와 같았다.

'중위님, 어서요, 어서 와서 저를 구해주세요.'

요시무라의 도움을 기다리는 여인의 얼굴이었다. 그 여자의 손에는 날카로운 칼이 들려 있었다. 여인은 도마 위에 놓인 새끼손가락을 향해 힘껏 칼을 내리쳤다.

순간 잘린 손가락이 생명이 있는 것처럼 튀어 올랐다. 터져 나온 피로 시야가 흐려졌다. 한복을 입은 여인은 일본 게이샤들의 관행을 따랐다. 정표로 자른 새끼손가락을 요시무라에게 건네주었다.

"안 돼!"

요시무라 중위는 몸부림치며 두 눈을 떴다.

"중위님, 이제 깨셨군요. 정말 피곤하셨던 모양이네요. 내내 꾸벅꾸벅 조셔서 이발하기가 정말 힘들었습니다."

이발사가 공치사를 했다.

"그간 고생 많으셨어요. 하지만 이제 전역하셨다니 얼마나 다행입니까? 중국을 모두 점령하려면 앞으로도 많은 시간이 걸릴 거예요. 중위님은 이제 고향으로 가게 되어서 좋으시겠어요."

이발사는 일본의 벳푸에서 건너온 내지인이라고 했다. 코끝의 검은 사마귀를 빼곤 평범한 얼굴이었다. 은행원이나 교사에게 더 어울릴듯한 표정을 짓고 있었다. 이발사는 식민지에서 한 몫 잡기 위해 왔다고 했다. 조선총독부 지인을 통해 서울역 이발소 영업권을 따내서 재미가 쏠쏠하다고도 했다.

"경성은 식민지 수도 이상의 매력이 있어요. 오백 년 조선의 수도에 모던 문물을 옮겨온 기묘한 도시죠. 저도 전역한 뒤 경성의 매력에 빠져 정착하게 되었죠."

이발사의 주절거림은 끝이 없었다.

"무엇보다도 조선의 도라지만 한 것이 없다니까요. 조선 여자를 사귀어봤나요?"

이발사의 질문은 사적으로 흘렀다. 중위는 자신의 생각이 읽힌 듯 잠시 멈칫했다. 그리고 어쩔 수 없다는 듯 가볍게 고개를 끄덕였다.

"그것 보라니까요. 조선에 온 일본 남자 치고 조선 여자를 사귀어보지 못한 남자는 없다니까요. 조선 여자만 한 것이 없어요. 종로통이나 본정 아니면 황금정에 가보세요. 카페의 모던걸을 보세요. 외양은 세련되었지만 순정은 일본 여자가 따라가지 못하지요."

이발사는 스스로 고개를 끄덕이며 말했다.

이발사의 입심에 중위는 이발료가 배나 비싼 것도 느끼지 못한 채 이발소를 나섰다.

"웃기는 놈이로군."

요시무라 중위는 혀를 내두르며 전차역으로 걸어갔다. 이발을 해서인지, 오랜만에 눈을 붙여서인지 정신이 맑아짐을 느꼈다.

그는 동대문행 전차에 올라탔다. 전차는 천천히 북동쪽을 향해 굴러갔다. 빠른 걸음으로 올라탈 수 있을 정도의 느린 속도였다. 동대문행 전차는 남대문을 우측으로 돌아 두세 구획을 올라간 뒤 오른쪽으로 꺾어 종로통으로 달렸다.

회상에 잠긴 중위는 전차에 걸터앉아 경성 밤거리를 바라보았다.

한여름 저녁, 거리는 전차와 자동차, 행인으로 분주했다. 명치정과 본정은 밤의 열기로 달아오르고 조선은행 앞 광장은 오가는 인파로 가득했다. 황금정을 지나며 한눈에 보이는 동양척식회사, 본정 입구의 경성우편국을 지나며 감회가 새로웠다.

2년 전 용산에 주둔할 때 그는 경성우편국 옥상에 깃발이 오르기를 얼마나 고대했던가? 우편국의 깃발은 내지에서 온 증기선이 우편물을 가져온 것을 의미했다. 그렇게 현해탄을 건너 매주 편지를 보내던 애인이 어느 날 연락을 넋었다. 나중에 전해들은 바로는 가족을 따라 하와이로 가버렸다고 했다. 절망한 그는 만주 파견에 지원했고 731부대에서 1년간 일하게 되었다. 그리고 그 사건이 있던 밤 지하 실험실에 내려가 있던 그는 부대의 유일한 생존자로 귀환하게 되었다. 하지만 그는 일본으로 돌아가고 싶지 않았다. 혼자 감당해야 할 기억이 벅찼다.

어느새 전차는 종로 화신상회 앞에 멈춰 섰다. 화려한 조명으로 단장한 한국계 백화점이었다. 그곳에서 하차한 중위는 동쪽을 향해 정처 없이 걸었다.

오른쪽 모퉁이의 보신각을 지나 걷다보니 양옆으로 오복점이 펼쳐졌다. 색색의 천과 삼원색, 흰색 천들이 봉에 감겨 진열되어 있었다. 도자기 가게, 신발 가게를 지나자 종로 이정목에 있는 파고다 공원이 나타났다. 근처 조선극장, 단성사 앞에 모던걸과 모던보이들이 화려한 차림을 뽐내고 있었다. 스틱을 들고 바지에 각을 세운 남자가 하이힐을 신은 여자의 손을 잡고 단성사로 들어갔다.

남쪽으로는 야시장이 불야성을 이루었다. 모퉁이에서는 지게꾼들이 손님들을 기다리고 있었고 과일들과 일용품들이 가득 진열되어 있었다. 야시장을 따라 남쪽으로 발길이 향했다. 어느새 중위는 청계천을 향해 걷고 있었다. 그의 발걸음은 수표교 앞에 멈춰 섰다.

4
청계천 잭 더 리퍼 두 번째 사건

심야에 청계천에 나타난 괴물이 두 번째로 여자를 살해하다

영국의 엽기적인 살인 사건 잭 더 리퍼를 연상케 하는 살인 사건이 오늘 아침 또 발생했다. 연이어서 이틀째 청계천에서 발생한 살인 사건은 경성 시민들을 공포의 도가니에 몰아넣고 있다.

두 번째 살인 사건의 피해자는 최나경이라는 스물세 살의 미모의 여성이다. 청계천 남쪽에 면한 황금정에 있는 금마차라는 술집에서 향춘이라는 이름으로 일하던 최나경은 어제 한 신사와 청계천에서 만나기

로 약조했나며 인시경 금마차를 나섰다고 했다. 최나경은 술시에 한 인력거꾼에 의해 수표교에서 끔찍한 시체로 발견되었다. 첫 번째 시체와 마찬가지로 최나경의 시체는 해부를 당한 듯 끔찍하게 헤집어져 있었고 장기가 시체 주변에 널려 있었다. 서구의 발전한 문물과 함께 그들의 병적인 범죄도 경성에 유입되는 것 같아 안타까운 심정이다.

하지만 종로 경찰은 관할지의 범죄 예방에 실패한 것은 물론 연이어 일어나는 엽기 살인에 대한 단서조차 얻고 있지 못하다. 단지 청계천 부랑인들을 가둬 두고 심문하는 구태의연한 수사만을 진행 중이다. 해태라는 상상 속 괴물이 여자를 물어뜯었다는 한 술주정뱅이의 진술 외에는 아무 성과가 없으니 통탄할 일이다.

1932년 7월 21일 동아일보
구형보 기자

신문을 읽던 기무라 서장은 온몸을 부들부들 떨었다. 자신을 향한 전 국민의 시선을 느끼며 얼굴이 뜨겁게 달아올랐다.

그 순간 그는 초등학생 시절로 돌아가고 있었다. 초등학교에 입학한 지 얼마 되지 않았을 때였다. 그는 교실에서 바지에 오줌을 싼 적이 있다. 그때 선생님과 학생들이 그를 바라보던 시선들. 그 뜨거운 시선을 다시 받는 기분이었다. 범죄의 해결은커녕 집단속도 제대로 못해 기자에게 정보를 털리는 것은 있을 수 없는 일이다.

"가와사키 순사, 경성의대에서 부검 결과는 나왔나?"

"부검이 끝나면 그쪽에서 연락을 주기로 했습니다."

"무슨 일을 그렇게 해? 가서 기다려! 결과가 나올 때까지 들어오지 마!"

기무라 서장은 하릴없이 부하들에게 화풀이를 시작했다.

"나카무라 순사, 차량 준비시켜. 내가 직접 수표교로 가보겠다!"

잠시 후 두 대의 경찰 오토바이를 앞세우고 경찰차가 청계천에 도착했다.

늦은 오후의 수표교는 많은 인파로 들끓었다. 경성 시민은 물론 지방에서도 엽기적인 살인의 현장을 보기 위해 사람들이 몰려들었다. 찹쌀떡과 메밀묵 등 간식거리, 녹두전을 부쳐 파는 할머니가 다리 앞에 자리 잡고 장사를 하고 있었다. 하지만 가난한 사람들의 일상은 조금의 여유도 없이 반복되었다.

피해자의 핏물이 흘러내린 빨래터에는 많은 아낙들이 모여앉아 방망이를 휘둘렀다. 게딱지처럼 강가에 지어진 판잣집에서 소박한 저녁밥을 짓는 연기가 올라왔다. 어찌 보면 평화로운 일상, 그 일상에 숨어 있는 악마를 찾아 기무라 서장은 사방을 두리번거렸다. 그는 청계천을 따라 걷다가 돌로 만들어진 수표교에 올라섰다.

수표교에는 아직도 살인의 흔적이 뚜렷했다. 범죄 현장의 사진을 찍은 후 시체는 수거되어 경성의대로 보내졌다. 독일에서 검시학을 전

공한 구니후사 교수에게 특별 부검을 의뢰했다.

시체가 수습된 뒤에도 사각형 석재가 이어진 홈을 따라 피의 흔적이 남아 있었다. 시체가 발견된 아침 7시에 연락받은 기무라 서장은 현장으로 뛰어나왔다. 내지인이 많이 거주하는 용산에 있는 집에서 십분 거리에 있었다. 현장에는 지금까지 본 적 없는 참혹한 살육이 펼쳐져 있었다. 복부가 활짝 열려 있었고 내부 장기는 시체 주위에 널려 있었다. 하지만 간은 발견되지 않았다. 시체의 경직도가 심하지 않았음을 감안할 때 살인은 3시간에서 6시간 이전에 일어난 것으로 추정되었다. 피살자가 금마차를 떠난 시간이 새벽 3시 반경이니 그 시간대에 살해된 것으로 의심되었다. 피살자의 목에는 동물에게 물린 듯한 상처가 있었다.

기무라 서장은 참혹했던 새벽의 기억을 더듬어 수표교의 구석구석을 검사했다. 다섯 명의 순사들이 이 잡듯이 살핀 뒤라 단서가 될 물건은 아무것도 발견되지 않았다. 서장은 수표교 중앙 난간에 올라서서 청계천을 내려다보았다. 으스름 황혼 빛에 물결이 핏빛으로 반짝였다.

"조심하세요, 서장님!"

순사들이 소리쳤다. 하지만 중심을 잃은 기무라 서장은 이미 난간에서 떨어진 뒤였다. 제복을 입은 서장이 물보라를 날리며 개천 물에 떨어지는 모습은 장관이었다. 둘러선 군중들이 폭소를 터뜨렸다.

"찾았다. 증거를 찾았어!"

개천에 엎드린 기무라 서장이 한 손에 반짝이는 물체를 들고 소리쳤다.

사람의 인연은 도무지 한 치 앞을 예측하기 힘들다. 가해자가 피해
자로 바뀌기도 하고 원수는 외나무다리에서 마주친다.

민치우 치과의원으로 향하며 기무라 서장은 착잡한 심경이었다. 그
가 만나러 가는 민치우 원장과의 씁쓸한 인연이 떠올랐기 때문이다.
그는 민치우를 살인 용의자로 체포했던 적이 있다.

십여 년 전 이맘때쯤 종로통에서 칼에 찔린 변사체가 발견되었다.
피해자는 경성에서 미모로 둘째가라면 서러워할 기생이었기에 세간
의 관심이 뜨거웠다. 사건 관할서인 종로 경찰서는 바쁘게 움직였다.
세간에 알려진 사건을 신속하게 해결함으로써 수사기관의 위상을 높
일 수 있기 때문이다.

초동수사는 순조로이 진행되는 듯했다. 결정적인 증거가 민치우의
이 해 박는 집 지하실에서 나왔다. 피 묻은 석고 마스크였는데, 종로통
에서 발견된 변사체의 얼굴과 일치했다.

"죽은 여자의 얼굴에서 석고본을 떴군."

"정말 변태로군!"

치과 지하실을 수색하며 순사들이 혀를 찼다.

"아니, 저것들은 뭐야?"

"혹시 사람의 뼈는 아니야?"

지하실 네 벽의 선반에는 희뿌옇고 둥근 물건들이 가득했다. 수백

개의 사람 두개골이었다.

"정신병자가 분명해. 사람을 수백 명이나 죽인 살인마야!"

순사들은 진료 중이던 민치우를 경찰서로 연행했다.

"증거가 나왔다. 빨리 자백하는 것이 좋을 거야."

기무라 서장은 민치우를 처음 대하는 순간 그가 범인이 아닐지 모른다는 생각이 언뜻 들었다. 정갈하게 다듬은 콧수염, 희고 갸름한 얼굴에 곧은 콧날, 무엇보다도 상대방을 향해 강한 안광을 내뿜는 두 눈은 그가 보아온 살인자들의 관상과는 거리가 멀었다. 단 한 가지 수상한 것은 그의 눈빛이 순간순간 변한다는 것이었다. 미리내가 빛나는 밤하늘처럼 잔잔하다가도 솟구치는 불길처럼 타오르는 눈빛이기도 했다.

기무라 서장은 빠른 시간 안에 성과를 올려야 했다. 경시청의 코밑에 있는 종로서에서 서장을 한다는 것은 시어머니의 끝없는 눈길을 받는 며느리처럼 불편한 것이었다. 기무라는 한 번 눈을 질끈 감기로 했다. 치과 지하실에서 수백 개의 두개골이 발견되고 피살자의 얼굴 마스크까지 발견되지 않았는가? 게다가 민치우는 아무 해명도 하지 않으니 얼마나 손쉬운 케이스인가?

하지만 형식적으로라도 그의 진술을 받아야 한다. 조개처럼 다문 입을 열기 위해서는 물고문만 한 것이 없다. 그날부터 민치우는 혹독한 고문을 견디며 취조를 받아야 했다. 그 고문을 직접 담당한 자가 바로 기무라 서장이었다.

"아니 변태인 줄로만 알았는데 독종이군."

물 고문과 전기 고문이 계속되었지만 민치우는 한마디도 하지 않았다. 기무라 서장과 순사들은 혀를 내둘렀다. 사람의 체력으로 감당할 수 없는 고문을 이겨 내고 있었다.

"그만하자. 더 이상 고문하면 죽을 수도 있어. 죽기 전에 자백은 받아야 해."

먼저 지친 순사들이 고문을 멈추었다.

그런데 다음날 민치우가 스스로 입을 열었다.

"제 지하실에서 발견되었다는 증거물을 가져다주십시오."

민치우는 증거물을 가져다주면 자백하겠다고 말했다.

순사들은 1계급 특진을 상상하며 얼른 증거물들을 가져왔다. 석고 마스크와 현장 사진들이었다.

민치우는 한동안 마스크를 이리저리 살펴보았다.

"범인은 제 치과 건너편에 개원한 내지인 치과의사입니다."

민치우는 석고마스크를 건네주며 확신에 가득한 미소를 지었다.

"빠가야로!"

"너는 대일본 신민의 명예를 훼손하려 하는가?"

사건 종결에 들떠 있던 순사들에게는 청천벽력과 같은 소리였다. 제 살 길을 찾기 위해 둘러대는 소리일 테지만 만약 그것이 사실이라면 사건이 원점으로 돌아간다는 것을 의미한다.

"그 일본인 치과의사가 범인이라는 증거를 대봐라."

기무라 서장이 조롱하는 표정으로 민치우에게 말했다.

"이 석고는 길 건너 치과에서 사용하는 노란색 석고입니다. 저는 하얀색 석고만을 사용합니다. 그리고 이 석고를 만들기 위해 본을 뜬 인상재 또한 다릅니다. 저는 조선인 치과 재료상이 해초로 만든 인상재를 씁니다. 하지만 이 마스크에 남아 있는 인상재는 일본인 재료상이 공급하는 물건입니다."

일본 순사들이 생각지도 못했던 세밀한 분석이었다.

"그것은 너의 결백을 증명하지 못한다. 일본인의 치과에 숨어들어가 재료들을 훔칠 수도 있지 않은가?"

기무라 서장은 자신들의 수사결과를 필사적으로 지켜나갔다.

"석고 마스크의 턱 끝을 보십시오."

민치우는 결정적인 증거를 가리켰다.

석고 마스크의 턱 끝에는 손자국이 나 있었다. 석고가 경화되기 전 찍힌 범인의 손가락 자국이 틀림없었다.

"일본인 치과의사의 지문과 저 손가락 자국을 비교해보십시오."

종로 경찰서 안으로 민치우의 음성이 메아리쳤다. 아무도 그의 말에 대꾸하는 자는 없었다.

"시체의 사진을 통해 사망 시간과 장소도 추정할 수 있군요. 칼에 찔린 것은 직접적인 사망 원인이 아닙니다. 미세출혈이 있는 눈꺼풀 사진과 멍 자국이 난 목 사진을 통해 목이 졸린 것이 사망의 직접적인 원인임을 알 수 있습니다. 또한 발견된 장소에서 출혈이 많지 않은 점,

그리고 시반이 반대쪽에 형성되어 있는 점을 토대로 피해자는 발견되기 훨씬 전에 다른 장소에서 살해되어 종로통에 버려졌음을 알 수 있습니다."

민치우는 수십 명의 순사들이 소란을 피우면서도 발견하지 못한 사건을 한순간에 해결해 냈다. 그것도 석고 마스크와 사진 몇 장만을 보고서 말이다.

그의 추리를 토대로 순사들이 재수사를 진행한 결과 진상이 밝혀졌다. 이 해 박는 집 건너편에 있는 일본인 치과의 마스크에서 발견된 것과 동일한 석고와 알지네이트 인상재가 발견되었다. 마스크에서 발견된 지문과 일본인 치과의사의 지문도 일치했다. 우발적으로 기생을 목 졸라 죽인 일본인 의사는 경쟁 치과의사이며 연적이었던 민치우에게 누명을 씌우려 했던 것이다. 치과 지하실에서 발견된 해골들도 살인 사건과 무관하다는 것이 밝혀졌다. 조선인 골격 연구를 위해 청계천 변사자들의 유골을 수집했다는 것이 밝혀진 것이다. 나중에 들은 바로는 민치우는 정탐소설에서 얻은 지식으로 자신의 사건을 해결했다고 한다.

'그때 내가 민치우였다면 어떤 심정이었을까?'

기무라 서장은 잠시 걸음을 멈추었다. 그리고 상대의 심정으로 돌아가 사건을 바라보았다. 이 사건을 계기로 민치우는 식민지 국민이 겪어야 하는 설움을 통감했을 것이다. 어찌 보면 삶의 목표마저 바뀌었

을시도 모른다. 자신처럼 억울한 누명을 쓴 조선인을 돕기 위해 탐정
이 되었을 수도 있다. 그 후 민치우는 수많은 미제 사건들을 해결해 나
가면서 명탐정으로 이름을 날리게 된 것은 아닐까?

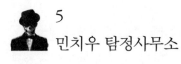

5
민치우 탐정사무소

 십여 년 간 수많은 미제 사건을 해결하면서 민치우 원장은 치과의
사보다 명탐정으로 명성이 높아졌다. 자연히 치과 치료를 받으러 오
는 사람 중 사건 의뢰를 위해 찾아오는 사람들이 늘어 갔다. 민치우 원
장은 사건 의뢰를 목적으로 오는 고객들을 맡기 위해 치과 한편에 탐
정 사무실을 개설했다.

 치과 진료가 목적이 아닌 고객들은 간호사에 의해 뒷방으로 안내되
었다. 원장실을 개조한 거대한 탐정 사무실이었다. 그가 치과의사로
서의 페르소나를 벗고 사립탐정으로 거듭나는 공간이기도 했다. 벽에

는 수많은 서적들이 꽂혀 있고 그가 수집한 골동품들이 박물관처럼 전시되어 있었다. 탐정 사무실의 한쪽에는 사건 해결을 위한 화학 실험 테이블과 수많은 실험 장비들도 갖추어져 있었다.

기무라 서장이 이 해 박는 집에 도착했을 때 치과 대기실에는 수많은 환자들이 차례를 기다리고 있었다. 기다리기가 무료해진 기무라 서장은 혹시나 민치우 원장을 볼 수 있을까 하는 생각에 접수창구 너머를 들여다보았다. 얼핏 이마에 반사경을 쓴 민치우가 열심히 발 페달을 돌리는 모습이 눈에 들어왔다.

자전거 페달을 돌리듯 치과 드릴 페달을 밟는 민치우의 얼굴에는 땀이 송골송골 맺혀 있었다. 그가 밟는 페달은 전봇대 모양을 한 스탠드 속 도르래를 돌렸다. 그 도르래에 연결된 끈이 돌면서 민치우의 손에 들린 드릴을 돌렸다. 환자 옆에 구부정하게 서서 부지런히 발놀림을 하며 치아를 깎는 일은 만만치 않아 보였다.

"세상에 쉬운 일은 없구먼."

기무라 서장은 민치우의 모습을 바라보며 혀를 찼다.

대기실의 환자들을 바라보니 가관이었다. 앞니에 금니를 박는 유행이 번진 듯 기생들이 대기실을 가득 메우고 있었다.

"역시 신문 기사가 틀리지 않은 게야. 민 원장이 기생들을 좋아하는 플레이보이라는 기사가……."

기생들 틈에 끼어 앉아 기무라 서장은 꾸벅꾸벅 졸기 시작했다.

"선생님, 들어오시지요."

한참 시간이 흐른 뒤 어린 간호사가 기무라 서장을 깨웠다. 마침내 차례가 돌아왔다. 진료실에 들어서자 대여섯 대의 치과 의자에 사람들이 모두 앉아 치료를 받는 중이었다.

"원장님, 제 치아를 보고 저의 모든 것을 맞춰보시지요."

치과 의자에 앉자마자 기무라 서장은 민치우에게 말했다. 스스로 생각해봐도 억지스런 요구였다.

민치우는 갑작스런 불청객의 요구에 어안이 벙벙했다. 하지만 종종 경험하는 일이었다. 민치우 원장은 금방 침착함을 되찾고 남자의 입 안을 들여다보았다.

"선생님은 이지적인 분이지만 감수성이 메마른 것이 단점이군요. 선생님은 스트레스가 많은 직업을 가졌고 왼손잡이입니다. 일본 본토에서 온 내지인이며 직업은 순사입니다."

민치우 원장은 물이 흐르듯 막힘없이 추리를 전개했다.

"아니, 그것을 어떻게 알아냈나요?"

기무라 서장은 나무로 된 치과 의자에서 벌떡 일어서며 말했다.

"치과 치료가 주목적이 아니시군요. 저희 간호사가 선생님을 탐정 사무실로 모실 겁니다."

민치우 원장은 다른 환자에게 옮겨 가며 말했다.

하얀 앞치마를 두르고 하얀 모자를 쓴 간호사가 기무라 서장을 안내했다. 진료실 뒤쪽 골목을 지나니 커다란 방이 나왔다.

"차 한 잔 하면서 잠시 기다리시지요."

간호사는 김이 모락모락 피어오르는 차 한 잔을 안겨주고 다시 진료실로 돌아갔다. 기무라 서장은 서양에서 가져온 듯한 잘 무두질된 가죽 소파에 앉아 사무실을 둘러보았다. 종로 경찰서와 비교할 수 없을 만큼 고급스럽고 전문적인 분위기였다.

차 한 잔을 비우기 전에 민치우 원장이 들어섰다.

"원장님, 제 치아만을 보고 모든 것을 알아맞히다니 놀랍습니다. 어떻게 그렇게 소상히 알아맞히셨는지 말씀해주시겠습니까?"

기무라 서장은 궁금증을 더 이상 억누를 수 없었다.

"정 알고 싶으시다면 말씀드리지요."

민치우 원장은 가벼운 미소를 머금고 상대방을 바라보았다. 상대를 압도하면서도 동시에 안심시키는 묘한 미소였다.

"선생님의 이마와 입 꼬리를 보고 좌뇌를 주로 쓰는 이지적인 사람이지만 감수성이 부족하다는 것을 알았습니다. 선생님의 좌측 이마가 우측 이마보다 월등히 발달해 있으니까요."

순간 기무라 서장은 자신의 이마를 만지고 있었다. 자신의 왼쪽 이마가 오른쪽보다 훨씬 더 돌출해 있다는 것을 평생 처음 발견하고 무릎을 쳤다.

"두상을 보고는 바이칼 호수 서쪽에서 내려와 부여와 가야국을 거쳐 일본에 들어간 우랄 알타이계의 후손임을 알게 되었습니다. 금이 가고 마모가 된 치아 특성상 스트레스가 많은 직업을 가졌고, 심한 오른쪽 치아 마모도로 보아 왼손잡이라고 생각했습니다. 정교한 도제

크라운으로 미루어 일본에서 치료를 받은 내지인이며, 추리력을 시험하는 것으로 보아 직업은 순사라고 결론을 내렸습니다."

민치우 원장은 얼굴을 계측하는 루돌프 마틴 촉각계를 한 손에 들고 말했다. 그가 지하실에서 두개골을 연구한다는 것은 십 년 전부터 알고 있었다. 하지만 그가 축적한 두개골 연구 지식이 이토록 놀라우리라는 것은 상상도 하지 못했다.

"민치우 원장님, 원장님의 추리력을 시험하려 했던 것을 용서하십시오. 저는 종로 경찰서의 기무라 서장입니다."

기무라 서장은 소파에서 일어나 깍듯이 인사했다.

"서장님, 반갑습니다. 십 년 전에 한 번 뵌 적이 있지요?"

"십 년 전 일을 아직도 기억하고 있군요?"

"방금 선생님께서 성함을 말씀하시고 나서야 생각났습니다. 그런데 청계천 살인 사건으로 어려움을 겪고 계신다지요?"

"제가 온 이유도 알고 계시군요?"

"청계천에 전대미문의 살인 사건이 연달아 발생하고 있습니다. 종로 경찰서의 코앞에서 말입니다. 단서는 잡히지 않고 여론의 질타를 받고 있지요. 제가 서장님이라면 점쟁이라도 찾아가보고 싶은 심정일 겁니다."

민치우 원장은 기무라 서장의 심경까지 헤아리고 있었다. 기무라 서장은 잠시 할 말을 잃고 있다가 떨리는 목소리로 말하기 시작했다.

"모두 다 맞는 말씀입니다. 사실 저는 선생님께 수사 협조를 부탁드리려 왔습니다. 선생님 같이 놀라운 추리력을 가진 분이라면 빠른 시간 안에 범인을 검거할 수 있을 겁니다. 제발 도와주십시오."

기무라 서장은 다시 한 번 허리를 직각으로 꺾으며 부탁했다.

"그런 일이라면 서장님께서 찾아오지 않으셔도 될 뻔 했습니다."

민치우 원장은 빙그레 웃었다.

"그렇다면 이미 수사를 시작하셨다는 말씀인가요?"

"당연히 조사에 착수했지요."

민치우 원장은 기무라 서장의 놀란 표정을 즐기듯이 내려다보았다.

"청계천 살인 사건은 경성 시민들의 안위를 위협하고 있습니다. 게다가 이번에 살해된 향춘이는 저와 각별한 사이였습니다. 하지만 걱정 마십시오. 제가 조사한 결과는 서장님께 미리 알려드리겠습니다. 저는 사건을 해결하는 재미만으로 충분합니다."

순간 민치우 원장의 얼굴이 비장한 결의로 굳어졌다.

"감사합니다. 원장님. 그런데 이 물건이 수사에 도움이 될지 모르겠군요. 청계천 현장에서 발견했습니다."

기무라 서장은 양복 안주머니에서 무언가를 부시럭거리며 꺼냈다. 기름종이에 잘 포장된 3cc 주사기였다.

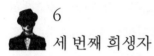

6
세 번째 희생자

종로서장의 수사 협조 요청을 받은 민치우는 진료를 마친 후 치과를 나섰다.

민치우는 실크모자에 윤기 나는 비로도 정장을 걸치고 스틱을 든 멋쟁이 신사였다. 그는 종로통 야시장을 지나 남쪽을 향해 성큼성큼 걸었다. 경성 사람들은 이 키 큰 남자가 총독부의 작위를 받은 귀족이려니 여기며 눈을 내리깔고 비켜섰다. 흰 피부에 섬세한 얼굴선을 볼 때 귀족의 얼굴상이었다.

민치우는 시장통 사람들을 헤치고 본정을 지나 청계천에 도착했다.

연이은 살인 사건 때문에 청계천에는 인적이 드물었다. 어둠 속으로 흐르는 물소리가 더 크게 울렸다. 청계천 남쪽의 황금정 거리에서는 술집과 다방들이 화려한 네온 조명으로 번쩍였다. 여급들의 간드러진 웃음소리와 축음기의 댄스 음악이 흥겹게 들려왔다. 개천에 반사된 조명들이 음악에 맞추어 도깨비불처럼 춤추었다. 민치우는 황금정을 바라보며 자신이 서양에 와 있나 하는 착각에 빠졌다.

황금정을 바라보며 일정목에서 사정목 방향으로 걷다보니 식욕이 동했다. 그때 한 여성이 민치우를 스쳐 지나갔다. 검은 여우 목도리 위로 살며시 드러난 우윳빛 목, 한 입 베어먹고 싶을 정도로 유혹적이었다. 민치우의 두 눈이 어둠 속에서 푸르게 빛났다. 그는 광기를 발하는 두 눈으로 상큼한 여인을 바라보았다. 눈썹은 검게 칠해졌고 붉은 루즈로 입술이 번쩍였다. 얼굴은 가부키 배우처럼 희게 빛났다. 포근하게 안을 수 있는 아담한 체구의 양장 여성. 차림새로 보아 고급 술집의 여급 같았다.

여성은 자신을 향한 시선을 느끼며 민치우를 향해 돌아섰다. 자신의 고객이 될 수 있다고 여겼는지 여자의 얼굴에 계산된 미소가 떠올랐다. 희고 가녀린 손가락이 손지갑을 열어 명함 한 장을 꺼냈다.

"구락부. 황금정 이정목, 황유미."

그녀의 명함에는 업소 이름, 위치, 그리고 그녀의 흑백 사진이 찍혀 있었다. 사진보다는 실물이 더 앙증스런 여인이었다.

"유미라고 해요. 꼭 한번 들리세요."

여인은 하이힐 소리를 남기고 어둠 속으로 사라졌다.

민치우는 여자의 명함을 양복 주머니에 넣고 청계천을 걸었다.

사정목에 도착했을 때 개천 반대편에서 눈에 익은 체구의 남자가 벙거지를 쓰고 걸어왔다. 벙거지 쓴 작은 남자는 민치우를 향해 손을 흔들었다. 자세히 살펴보니 기무라 서장이었다.

"지난 이틀간 청계천을 감시하는 중입니다."

기무라 서장이 벙거지를 벗어 어깨의 먼지를 털며 말했다.

바로 그 순간이었다.

"아악! 사람 살려!"

멀리서 목이 찢어지는 듯한 비명이 울렸다.

"텀벙!"

이어서 뭔가 무거운 물체가 물에 빠지는 소리가 뒤따랐다. 호루라기 소리가 사방에서 울리며 곳곳에 숨어있던 순사들이 달려 나왔다. 민치우와 기무라 서장은 여자의 비명이 난 장소로 달렸다. 여자의 비명이 난 곳은 이정목 근처의 천변이었다.

"아니 이것은?"

민치우는 개천가에 흐트러진 여자의 물건을 집어 들며 소리쳤다. 검은 여우 목도리와 하이힐, 그리고 가죽 손지갑이었다. 여우 목도리에 묻은 피는 아직 따뜻했다.

"빨리 여자를 찾아라!"

기무라 서장이 청계천을 가리키며 소리를 질렀다.

다섯 명의 순사가 청계천으로 뛰어내렸다. 손에 전등을 들고 개천을 뒤지는 얼굴들에 공포가 가득했다.

"핏자국을 발견했습니다!"

한 순사가 전등을 흔들며 개천 건너편에서 소리쳤다.

개천을 건너자 군데군데 자갈들이 붉은 피로 번뜩였다.

"안 돼!"

민치우가 비명을 질렀다. 명함을 건네주던 유미가 떠올랐던 것이다.

민치우는 핏방울을 따라 천변을 뛰었다. 핏자국은 천변을 따라 이어졌다. 잠시 후 핏방울을 따라 나타난 것은 여자의 옷가지였다.

감색 양복 상의와 바지, 셔츠, 브래지어, 그리고 팬티.

옷을 입는 역순으로 여자의 옷가지가 차례로 떨어져 있었다. 여자의 흔적을 따라가던 순사들이 최악의 상황을 예감하며 마른침을 삼켰다. 그런데 여자의 흔적은 수표교 아래에서 갑자기 사라졌다.

"핏방울이 사라졌습니다!"

순사들이 소리쳤다.

"다리 위를 찾아봅시다."

민치우가 입을 열었다.

순사들은 젖은 바지를 어기적거리며 청계천 수표교로 올라갔다.

"시체가 있습니다, 수표교 위에!"

기무라 서장이 민치우를 향해 소리쳤다.

순사들과 민치우가 시체를 둘러쌌다. 민치우에게 방금 전 명함을 건네준 황유미였다. 분칠을 한 여자의 얼굴은 더욱더 창백했다. 목에 난 깊은 이빨 자국에서 선홍빛 피가 흘렀다. 벌거벗겨진 여자의 복부는 마구 헤집어졌다. 대장과 자궁, 위와 신장들이 시체의 주위에 시계 눈금처럼 배열되어 있었다.

"우욱, 우웩."

비위가 약한 순사들이 시체를 보고 구역질을 시작했다.

"믿을 수 없어. 한 편의 마술을 보는 것 같군."

기무라 서장이 넋을 잃고 말했다.

"여자가 5분도 되지 않아 해부된 시체로 발견되다니!"

민치우는 여자의 시체를 바라봤다.

"기무라 서장, 마취 주사에 대한 가설은 없애야 할 것 같습니다. 여자의 몸에는 아무 주사 자국이 보이지 않아요. 여자를 마취시키지 않은 상태에서도 충분히 제압했어요."

민치우는 커다란 돋보기로 여자의 팔목과 어깨, 그리고 뒷목을 살폈다.

"그렇군요. 그럼 주사기는 어떤 용도였을까요?"

기무라 경사가 말했다.

"그것이 지금부터 조사해야 할 바입니다."

민치우가 차갑게 대답했다.

잠시 후 구급차가 도착했다. 감식반이 카메라로 범죄 현장 사진을 찍은 뒤 시체가 수거되었다. 시체는 부검을 위해 경성의대로 보내졌

나. 그 후 용산 경찰서의 충원 인력들이 청계천을 샅샅이 수색했지만 범인의 흔적은 나오지 않았다.

현장을 수습한 기무라 서장과 민치우는 새벽녘에 금마차로 향했다. 살해된 여급이 일했던 술집에서 황유미에 대한 동료들의 증언을 들어야 했다. 오랜만에 화려한 술집에서 인터뷰를 핑계 삼아 위스키 한잔 하는 것도 나쁠 것 같지 않았다.

황금정에 있는 금마차 앞에는 직원들과 손님들이 모여 있었다. 서로 얼굴을 맞대고 수군대던 사람들은 여급의 잔인한 죽음에 충격을 받은 듯 머리를 흔들어 댔다.

"순사가 온다."

"허리에 찬 칼은 어디다 쓰나? 범인은 오리무중인데."

손님들이 한마디씩 하며 자리를 떴다.

불쾌한 얼굴로 그들을 바라보던 기무라 서장이 여급들을 밀치고 금마차로 들어갔다. 민치우도 서장을 따라 술집에 들어갔다. 황금색 정문을 밀고 들어서자 천연 대리석이 빛났다. 대형 샹들리에가 높은 천장에서 고급스런 조명을 발했다. 응접실 양편으로 커다란 야자나무들이 이국적인 분위기를 만들었다.

백색 와이셔츠 위에 검은색 조끼를 입은 삼십 대 여자가 두 수사관을 맞았다. 술집 마담은 작지만 오뚝한 코에 앙다문 입매가 성깔깨나 있어 보이는 여자였다. 검은 눈화장으로 더 커 보이는 쭉 찢어진 두 눈이 검은 대리석 카운터 너머로 두 사람을 바라보았다.

"순사 나리, 유미는 누가 죽였나요? 나경이가 죽은 지 하루밖에 안 됐어요. 이렇게 아가씨들이 계속 죽어나가면 우리 구락부도 문을 닫아야 해요."

울듯한 목소리였지만 지청구와 원망이 섞인 말투였다. 일그러진 얼굴이 묘하게 매력적이었다.

"조금만 기다려주십시오. 이제 곧 범인이 체포될 겁니다. 범인의 조속한 체포를 위해 두 피해자의 인적 사항을 알아야 합니다. 혹시 두 사람에게 원한을 가진 사람이 있었나요?"

기무라 서장이 직업적인 어투로 물었다.

"마담, 오래간만입니다. 저는 민치우입니다. 종로 경찰서와 함께 이 사건을 수사하고 있습니다."

옆에 선 민치우가 자신을 소개했다.

민치우를 본 여자는 일시에 표정을 바꾸었다.

"아! 이 해 박는 집 선생님?"

여자는 얼굴에 홍조를 띠며 비음 섞인 교성을 냈다.

십여 년 전 경성 홍등가에서 전설적인 황태자였던 민치우였다. 그는 흥이 오르면 여자들의 목을 가볍게 무는 버릇으로 유명했다. 여자를 지하실로 데려가 벌거벗겨 석고본을 뜬다고도 했다. 해괴하지만 뭔가 끌리는 데가 있는 나쁜 남자였다.

민치우는 여자의 말투에서 엘리트의 억양을 감지했다.

"혹시 마담이 이화학당을 다니지 않았던가요?"

민치우는 여자를 보며 홍등가의 소문을 떠올렸다. 이화학당 영문과를 다니던 학생이 집안이 몰락해 술집에서 일하게 되었고 지금은 술집마담이 되었다는 이야기였다.

여자는 대답 대신 가느다란 턱끝을 끄덕였다.

"황금정에는 인텔리가 많다더니 정말이군."

기무라 서장이 여자를 바라보며 말했다.

"자, 안으로 드시죠."

마담은 말끝을 흐리며 두 사람을 안으로 안내했다. 고급스런 홀을 지나니 대여섯 개의 독립된 방들이 나왔다. 마담이 두 사람을 데려간 곳은 암스테르담이라는 이름이 적힌 넓은 방이었다.

"이곳에서 두 분의 질문에 답해드리죠."

마담이 두 남자를 돌아보며 말했다.

기무라 서장이 어깨를 으쓱하며 말을 시작했다.

"먼저 최나경 양에 대해 말씀해주십시오."

"글쎄 어느 정도 이야기를 해야 죽은 애가 손가락질 당하지 않을까요?"

마담이 눈을 치뜨며 잠시 생각을 가다듬었다.

"우린 주부들과는 다른 기준을 가지고 있어요. 안 그랬다가는 다들 미쳐버릴 거예요. 사랑할 때는 무엇보다 뜨겁지만 돌아서면 냉정해져야 해요. 사랑하던 남자의 등에 칼을 박을 수 있어야 해요. 그것이 우리의 생존 법칙이에요. 그런데 나경이에게 문제가 있었어요. 깊이 사귀던 강 사장이 살림을 차리자고 덤벼들었어요. 첩이 셋이나 되는 남자였고 손버릇이 고약한 남자라 나경이가 그만 만나려고 했어요. 어젯밤 강 사장에게 헤어지자 말하러 나간 것이 마지막이 되고 말았어요."

사납게 생긴 마담의 눈매에 눈물이 맺혔다.

"향춘이의 본명이 최나경이었군. 향춘이를 괴롭히는 자가 있었다니! 진작 알았다면 그 자를 혼쭐을 내주는 건데."

민치우의 이마에 푸른 혈관이 지렁이처럼 돋아 올랐다. 민치우가 마음을 진정시키기 위해 파이프를 피우자 마담이 자연스럽게 권련 한 개비를 피웠다.

"강 사장의 연락처를 알려줄 수 있습니까?"

"고객의 비밀이지만, 나경이를 위해서 알려드리죠. 노량진에서 태양산업이라는 양말 공장을 운영하고 있어요."

"감사합니다. 방금 전 살해당한 아가씨에 대해서도 말씀해주시죠. 황유미 양 말입니다."

기무라 서장은 수첩에 메모를 하며 마담에게 물었다.

"그전에 저도 한 가지 여쭤보고 싶어요."

마담은 탁자 위 과일 쟁반 위에 사과를 깎아 놓으며 말했다. 술잔에는 위스키를 채워 민치우에게 건넸다.

"민치우 선생님, 신문에서는 이 사건이 영국의 잭 더 리퍼 사건의 모방범죄라고 하더군요. 선생님, 제 유일한 취미는 정탐소설을 읽는 거예요. 바에서 일을 마치고 집에 가면 정탐소설을 즐겨 읽어요. 소설 속에 빠져 진상 손님들을 어떻게 죽여버릴까 상상하죠. 그러다 보니 자연스레 명탐정이신 민치우 선생님의 팬이 됐답니다. 저는 이 사건이 잭 더 리퍼를 닮은 사건이라고 생각해요. 범인의 입장이 되어 잭 더 리퍼를 생각해보면 실마리가 풀리지 않을까요? 선생님이 경성에서 수많은 살인 사건들을 해결했다고 들었어요. 선생님은 잭 더 리퍼 사건에 대해서도 잘 알고 계시리라 생각해요. 그 범인은 누구였나요?"

그날밤 마담은 민치우에게 훌륭한 술상대였다.

"하하, 오늘 밤은 긴 밤이 되겠군요. 잭 더 리퍼 사건이란 1888년에 10주 동안 영국의 화이트 채플에서 일어난 연쇄 살인 사건입니다. 희생자들 대부분은 창녀였는데 살해 방법이 너무 잔인해서 의사나 백정이 용의선상에 올랐습니다. 범행이 모두 주말에 이루어졌으므로 주중에 일정한 직업이 있는 사람이 범인일 가능성이 높았죠. 또 밤에만 범행이 이루어졌으므로 밤에 자유로운 독신이 범인일거라고 생각했어요. 그래서 당시 영국 경찰들은 런던의 이스트엔드 지역에 거주하는 의학적 시술 경험이 있는 20대에서 40대 사이의 평균 이하의 신장의 백인을 범인으로 추정했습니다. 수사 결과 많은 용의자들이 나타났으나 모두 증거 불충분으로 풀려났지요."

민치우가 한바탕 설명을 마치고 술잔을 들어 입술을 적셨다.

"그럼 살인 사건이 해결되지 않았다는 거군요? 용의자들은 어떤 자들이었나요?"

마담이 쉴 틈을 주지 않고 다그쳐 물었다. 검은 두 눈동자가 호기심으로 반짝였다.

"다섯 명의 용의자가 있었습니다.

몬타규 드로이트라는 변태 성욕자 변호사, 애런 코즈민스키라는 정신 이상자 이발사, 알렉산더 페다첸코라는 러시아 출신 살인자 의사, 토마스 니일 크림이라는 창녀 살인자 의사, 정신질환자였던 프린스 알버트 빅터 공작 등입니다.

잭 더 리퍼 사건은 이미 해결되었을 수도, 아니면 영원히 미궁에 빠졌을 수도 있습니다. 세상에는 그와 같은 범죄를 저지를 수 있는 사람들이 많으니까요."

민치우는 마담이 따라주는 위스키를 간간이 들이키며 이야기를 계속했다.

"선생님은 걸어 다니는 범죄 사전이시군요. 이번에는 기무라 서장님에게 여쭤보겠어요. 청계천 살인 사건의 범인은 누구라고 생각하세요?"

마담이 기무라 서장과 잔을 부딪히며 속삭였다.

"음! 아직은 범인의 윤곽이 들어나지 않았습니다. 하지만 마담이 말한대로 이 사건은 많은 점에서 잭 더 리퍼를 닮았습니다. 젊은 여자들을 참혹하게 살해한 수법이 유사합니다. 잔인한 살인 수법을 생각하면 이 사건의 용의자 역시 해부학 수련을 받은 남자거나 백정입니다.

직업 여성에 대한 증오심이 강한 독신 남성일 겁니다. 저는 그 사람이 의사일 가능성이 높다고 생각합니다. 짧은 시간 안에 시체를 해부할 수 있는 것은 숙달된 외과의사만이 가능하니까요."

기무라 서장은 잠시 말을 멈추고 입안에 술잔을 털어 넣었다. 한순간에 솟구치는 술기운과 함께 주저했던 말들도 튀쳐나왔다.

"그리고 이것은 대외비인데, 제가 청계천에서 결정적인 증거를 수집했습니다. 의사들이 쓰는 주사기입니다."

기무라 서장이 마담을 향해 한쪽 눈을 찡긋했다. 이미 그녀에게 빠져들고 있었다.

"잭 더 리퍼 사건에서도 범인이 몇 분 안에 시체를 해부하고 달아났어요. 하지만 그것이 경험 많은 의사들만 가능한 일일까요?"

민치우가 기무라 서장에게 제동을 걸었다. 그는 위스키 잔을 비우고 파이프에 마른 풀들을 쑤셔 넣었다. 잠시 후 방 안에 대마초 연기가 퍼져나갔다.

"왜 범인이 꼭 남자여야 하나요? 여자가 살인을 하지말라는 법도 없잖아요?"

마담도 서장의 추리에 이의를 제기했다.

"으흠!"

기무라 서장은 가벼운 헛기침을 할 뿐이었다. 마땅한 대답이 생각나지 않았는지 민치우가 내뿜는 연기만 바라보았다.

"서장님 말씀대로라면 경성의 남성 의사를 조심해야겠군요."

간접흡연만으로도 환각을 경험하는 듯 마담이 목젖을 드러내며 웃어 댔다.

"자 이젠 제가 다시 대답할 차례네요. 서장님이 물어보신 유미에 대해 말씀드리죠."

마담은 양주 한 모금으로 입가심을 한 뒤 취기어린 목소리로 말을 시작했다.

"그 애는 천사였어요. 그런 천사 같은 애에게 누가 원한을 품겠어요. 유미는 아버지가 돌아가시자 동생들 공부 가르친다고 술집에 왔어요. 오늘 새벽 청계천에 간 것도 여기서 일하다 나간 미영이라는 아이 병문안을 간 거예요."

말을 마친 마담은 구겨진 얼굴을 얼른 정리했다.

"미영이라는 친구 집은 어딥니까?"

기무라 서장이 물었다.

"기생 생활 10년에 남는 것이 병뿐입니다. 청계천 판잣집 한 칸이 그 아이가 가진 전부랍니다. 일본 군인한테 손가락까지 잘라준 미친년이 폐병에 걸려 나갈 때는 가게가 온통 눈물 바다였지요."

마담이 위스키 잔을 통째 비웠다.

"손가락을 잘라줬어요? 그것은 일본 기녀, 게이샤들의 풍습인데?"

"관동으로 떠나는 일본 군인에게 마음을 주더니 그 미친년이 그만 일을 쳤지요. 하긴 며칠 전에 그 군인이 미영이를 찾으러 왔어요. 나래도 손가락 잘라준 년은 호기심에라도 돌아볼 거예요."

"그 판잣집을 알려주세요."

민치우가 수첩과 만년필을 마담에게 내밀며 말했다.

마담은 수첩에 장미영의 집 주소와 간단한 약도를 그려주었다.

"따뜻한 환대에 감사드립니다. 좋은 정보도 얻었습니다. 그런데 오늘 저녁 수사를 도와주실 수 있습니까? 더 이상의 피해자를 막기 위해서도 마담의 도움이 필요합니다."

"제 도움이요? 제가 술 따르는 것 말고 무엇을 도와드릴 수 있을까요?"

마담이 의아한 듯 민치우를 바라보았다. 민치우는 마담의 귀에 대고 무언가를 소곤댔다. 잠시 후 마담이 얼굴을 붉히며 고개를 끄덕였다.

다음날 자정. 청계천에 통금 사이렌이 울렸다. 텅 빈 거리에는 사복 순사들만이 구석에 숨어 상황을 살피고 있었다.

그때 호젓한 청계천변을 걷는 여자가 있었다. 경성의 모던걸이라면 누구나 걸치고 다니는 여우 목도리를 목에 두르고 멋진 양장을 입은 여자였다. 여자의 높은 구두굽 소리가 천변을 울렸다. 자극적인 향수 냄새가 밤공기에 실려 멀리 퍼져나갔다.

여자는 자정부터 삼십여 분간 청계천을 거닐었다. 정일목에서 시작해서 정사목까지 도착한 뒤 다시 뒤돌아 정일목을 향해 걸었다. 여자가 다시 정이목에 도착했을 때였다. 갑자기 개천물 안에서 철벅대는 소리가 울렸다. 무언가 네 발을 부산히 놀리는 듯한 소리였다. 여자가 뒤를 돌아봤다. 그 순간 어두운 개천 속에서 두 개의 푸른 눈동자가 빛났다. 도깨비불처럼 시퍼런 불빛은 최면을 걸 듯 여자를 얼어붙게 했다. 순식간에 괴물은 여자 앞에 서 있었다.

"에그머니나, 괴물이다!"

여자가 괴물의 얼굴을 마주보며 소리쳤다. 온몸에 털이 덮인 괴물이었다. 머리에만 해태처럼 털이 없고 기다란 이빨이 튀어나온 주름투성이 얼굴이었다. 괴물은 네 발로 여자에게 달려들었다.

"괴물을 잡아라!"

기무라 서장과 민치우가 어둠 속에서 소리쳤다.

잠복했던 사복 순사들이 순식간에 달려왔다. 괴물의 습격을 받은 여자는 그 자리에 쓰러졌다. 여자를 물고 가려던 괴물은 개천을 향해 돌아섰다. 그리고는 민치우가 예측했던 대로 청계천으로 뛰어들었다.

"그물을 던져라!"

다시 민치우가 외쳤다.

순사들이 괴물을 향해 그물을 던지자 심한 물장구가 튀어올랐다. 그물에 갇힌 괴물이 필사적으로 몸부림쳤다.

"놈을 끌어당겨!"

기무라 서장이 소리쳤다.

민치우와 기무라 서장이 괴물 쪽으로 달려갔다.

"빨리 그물을 당겨라!"

하지만 괴물이 들었던 그물은 힘없이 끌려왔다. 찢겨진 그물은 텅 비어 있었다.

"괴물은 잡았나요?"

쓰러졌던 여자가 그물 쪽으로 비틀거리며 다가왔다. 금마차 마담이었다.

"마담, 수고하셨습니다. 괴물은 못 잡았지만 덕분에 괴물의 정체는 확인했습니다."

민치우가 마담에게 감사를 표했다.

"정말 십년감수했어요. 청계천에 저렇게 무서운 괴물이 있다니요."

마담은 넋이 빠진 얼굴이었다.

"저 괴물이 나경이와 유미를 죽이다니. 불쌍한 아이들."

마담이 여우 목도리로 얼굴을 가리며 눈물을 흘렸다. 민치우는 마담을 다독이며 청계천에서 걸어 나왔다.

청계천은 순식간에 불야성이 되었다. 수십 명의 순사들이 횃불을 들고 차가운 개천물을 헤집었다. 셰퍼드가 사납게 짖으며 강변을 달렸다. 민치우의 요청으로 준비된 경찰견들이었다. 판자촌 사람들은 창밖으로 청계천을 내려다보았다. 하지만 집밖을 나설 엄두가 나지 않았다.

청계천을 따라 괴물을 뒤쫓는 사냥이 계속되었다. 경찰견들이 거품을 물고 괴물을 바짝 따라붙었다.

숨 가쁘게 쫓고 쫓기는 네 발 짐승들의 발놀림으로 개천에서 물보라가 일었다. 굵은 잉어가 연달아 튀는 것처럼 물장구 소리가 요란했다.

"절대 놓쳐선 안 돼!"

셰퍼드를 뒤따르며 순사들이 소리쳤다.

정일목에 다다르자 개들이 괴물을 둘러쌌다. 사방에서 짖으며 괴물에게 날카로운 주둥이를 들이댔다. 괴물은 제자리에서 빙빙 돌며 셰퍼드들을 견제했다. 빈틈을 찾은 셰퍼드 한 마리가 괴물에게 달려들었다. 괴물은 달려드는 셰퍼드를 물어뜯고 포위망 밖으로 뛰쳐나왔다. 목을 물린 개는 개천을 붉게 물들이며 물살에 떠내려갔다. 하지만 나머지 개들은 주저하지 않고 괴물을 뒤쫓았다.

괴물은 도망가던 방향을 바꾸어 정이목을 향해 달렸다. 다시 개들과 괴물과의 거리가 좁혀졌다. 괴물은 방향을 틀어 달려드는 개들을 하나씩 물어뜯었다. 순식간에 개천이 피로 물들었다. 쓰러진 개들은 물속에 잠기며 네 다리를 버둥댔다.

"일제 사격!"

순사들이 어깨에 맸던 장총을 내렸다.

기무라 서장의 권총이 먼저 불을 뿜었다. 수십 발의 탄환들이 어둠을 가르고 괴물을 향해 날았다. 자극적인 화약 냄새가 청계천을 채웠다. 자욱한 연기 속에 괴물의 비명이 처절하게 울렸다.

화약 연기가 걷히자 순사들이 괴물이 쓰러졌던 장소로 걸어갔다. 하지만 괴물의 모습은 흔적 없이 사라졌다.

"괴물이 사라졌다!"

아무리 횃불로 비춰보아도 괴물의 모습은 더 이상 보이지 않았다.

쓰러진 개들만이 괴불이 머문 사취로 남았다. 고통을 이기지 못헤 사지를 꿈틀대는 개들 주위로 핏빛 강물이 흘러내렸다.

7
모던보이 김산

민치우, 경성에서 활약하다

경성의 명탐정 민치우가 현재 청계천 연쇄 살인 사건을 수사 중이다. 경성에서 이 해 박는 집을 운영하는 그는 경성 시민들을 공포에 몰아넣는 청계천 살인범을 잡기 위해 기무라 서장과 함께 수사에 착수했다.

역시 민치우는 대단했다.

그가 등장하자마자 범인의 정체가 밝혀졌다. 범인은 종로 경찰서에서 의심하던 경험 많은 외과의사가 아니었다. 범인은 어젯밤 청계천

에서 목격된 네 발 달린 괴물이었다. 민치우가 그 괴물을 유인하여 서
의 생포할 뻔한 스토리는 다음과 같다.

(민치우는 본 신문사와의 인터뷰를 사양했다. 다음은 본 기자의 취
재에 의해 밝혀진 사실이다.)

민치우는 금마차 마담을 설득하여 협조를 구했다. 진한 화장을 하고
향수를 뿌린 마담에게 청계천변을 거닐게 했다. 괴물의 주의를 분산
시키지 않기 위해 청계천에 통금령을 내린 것도 민치우의 요청에 의
해서였다.

살해된 시체들의 사진을 연구한 민치우는 괴물이 먼저 피해자의 목
을 물어뜯는다는 것을 발견하고 원형 강철판을 마담의 목에 두르게
했다.

삼십여 분 정도 마담이 청계천변을 거닐자 여자의 향취에 이끌린
괴물이 여자를 습격했다. 괴물이 먼저 여자의 목을 물었다. 하지만 강
철판의 도움으로 여자는 잠시 혼절했을 뿐 상처는 입지 않았다. 그때
잠복했던 사복 순사들이 괴물을 뒤쫓았다.

괴물은 다시 개천으로 뛰어들었으나 민치우가 준비해 둔 그물이 괴
물을 옭아맸다. 하지만 무시무시한 완력을 가진 괴물은 그물을 찢고
달아났다. 곧 민치우가 미리 준비해두었던 다섯 마리 경찰견이 괴물
을 뒤쫓았다. 애석하게도 셰퍼드는 괴물의 상대가 되지 못하고 모두
괴물에게 물려 죽고 말았다. 뒤따르던 순사들이 총격을 가했지만 괴
물은 종적 없이 사라지고 말았다.

실마리조차 잡지 못하던 종로 경찰과 달리 민치우는 범인의 정체를 알아냈고 거의 생포할 뻔했다. 민치우가 괴물을 체포하여 경성시민이 안심하고 밤거리를 다닐 수 있도록 해주길 당부하는 바이다.

1932년 7월 23일 동아일보

구형보 기자

모던보이 김산[2]은 전차를 바꿔 타며 신문을 읽었다. 방금 읽은 기사는 그가 친구 구형보를 대신하여 써준 글이었다. 용케 동아일보에 취직은 하였으나 필력이 부족했던 구형보는 실업자 김산에게 기사를 부탁하곤 했다. 그렇다. 전차를 타며 소일하던 김산은 다른 대다수 모던보이처럼 실업자였다.

1929년 미국 대공황의 여파로 경성에도 실업자가 들끓었다. 발 디딜 틈 없던 단성사 극장에도 관객이 줄었고 휴학하는 학생들 때문에 학교도 개인교습소처럼 한적했다. 여자처럼 허리가 가늘고 치마처럼 폭이 넓은 나팔바지에 맥고모자를 쓰고 양복을 입은 모던보이는 많았지만 그들의 양복에서는 나프탈렌 냄새가 났다. 전당포나 중고 시장에서 사온 양복들이기에 좀약에 찌들어 있었다.

모던보이에게 돌아갈 직장이 없다는 것이 식민지 수도 경성이 가진

---

2. 김산은 박태원의 『소설가 구보씨의 일일』의 주인공인 구보를 오마주하여 당시 좌절에 빠진 대다수의 모던보이들의 심리와 일상을 반영한 인물이다.

한 세점이었나. 모년을 향해 복상을 갖추고 교육을 받았건만 이상을 펼칠 기회가 주어지지 않았다.

김산도 다른 모던보이처럼 맥고모자에 나프탈렌 냄새가 밴 양복을 입었다. 홀어머니가 삯바느질한 돈으로 시장에서 구해다 준 중고 양복이었다. 한 손에는 스틱을 들고 다른 한 손에는 수첩을 든 그는 모던보이가 되어 하루 종일 경성을 떠돌았다.

가끔 어머니께 작은 용돈이라도 드릴 수 있었던 것은 익명으로 써 준 기사 덕이었다. 그는 순문학을 지향하였건만 그의 전차삯과 찻값을 대는 것은 건조한 신문 기사였다. 그런데 순문학 작가가 생계를 위해 신문 기사를 계속 써낼 수 있다는 사실에 김산 자신도 놀라고 있었다. 구형보도 처음에는 반신반의하며 김산에게 기사를 부탁했다. 김산이 친구들 중 가장 필력이 뛰어나다는 것을 알고 있었지만 신문기사는 순문학과 다르기 때문이었다.

"혹시 이 기사를 오늘 밤 안으로 써줄 수 있겠나? 다른 기사가 겹쳐서 말이야."

커다란 체구의 구형보가 두터운 목살을 울리며 말했다.

"음, 청량리 살인 사건에 관한 기사를 써달라는 말이군. 걱정말게. 그 기사는 지금 내 머릿속에 있으니 말이야. 불러줄 테니 받아 적게나."

김산은 첫 번째 기사를 의뢰받은 즉시 제공해주었다. 다음날 김산이 써준 첫 번째 신문 기사는 장안의 화제가 되었다.

경성의 미제 사건이었던 청량리 살인 사건을 초동 수사의 오류부터 짚어나간 그의 기사가 해결의 실마리까지 제시해주었기 때문이다.

그 후 구형보는 김산에게 살인 사건에 대한 기사를 모두 의뢰하게 되었다.

김산이 훌륭한 기사를 의뢰받은 즉시 써낼 수 있었던 것은 하루 종일 경성을 떠돌면서 귀동냥으로 얻은 정보들 때문이었다. 그는 자신의 귓전을 스치는 이야기를 하나도 놓치지 않았다. 단편적인 사실들을 하루 종일 생각하다 보면 스스로 연결되어 훌륭한 이야깃거리들이 탄생한다. 사회 문제나 살인 사건은 더욱 그렇다.

살인 사건이 일어나면 그는 전차를 타고 근방을 배회한다. 사건이 일어난 지역의 지정학적 연관성을 살핀 후 사건 현장으로 간다. 현장에서 순사들이 흘리고 간 증거나 실마리를 발견하여 기사를 쓴 적도 많다. 결국 유령 기자에 유령 탐정 노릇을 하는 실업자인 것이다.

그런데 그가 청계천 살인 사건과 관련해 종로 경찰을 비난한 이유는 두 가지이다.

첫째, 그는 종로 경찰들과 사이가 좋지 않다. 종로 경찰서를 자주 배회하며 정보를 수집하던 그는 신문사 정보원이라는 것이 알려지면서 순사들의 발길에 채이기도 했다.

둘째, 청계천에 있는 홀어머니의 안위가 걱정되어서이다. 연속 살인 사건을 맡은 종로 경찰이 빨리 살인자를 잡지 못해서 큰 걱정이었다.

하지만 그는 자신이 발견한 단서들을 종로 경찰서에 줄 수 없었다. 그래서 명탐정 민치우가 경성에 나타나자 그에게 쪽지를 보내 청계천에서 수집한 정보를 알려주었던 것이다.

김산은 청계천으로 산책을 나갔다. 스틱과 수첩을 든 모던보이가 빨래터를 지날 때 늘어진 젖을 먹이며 빨래하던 아낙들이 휘파람을 불었다.

"맥고모자, 모던보이 아저씨!"

왁자지껄한 아낙네들의 웃음소리에 김산은 얼굴을 붉히며 가던 길을 재촉했다.

정이목이 가까워지자 괴물과 셰퍼드의 싸움 장면을 떠올렸다. 마지막으로 죽은 셰퍼드의 위치는 정이목 수표교 아래였다.

그는 개천으로 내려갔다. 나팔바지가 개천물에 젖었다. 중고로 산단벌 양복이 젖었다고 생각하자 가슴이 아팠다. 개천에 서서 바지를 바짝 접어 올렸다. 접어올린 바짓단 밑으로 물이 남실거렸다. 김산은 한 손에 스틱을 들고 개천 바닥을 쑤시며 탐색했다. 그렇게 수표교 아래로 몇 걸음 옮겼을 때였다.

"어이쿠!"

한 발이 개천 바닥에 빠져들며 물속에 주저앉았다.

물구덩이에 빠진 김산의 발은 끝없이 헛놀았다. 스틱으로 깊이를 가늠해보았다. 어깻죽지가 바닥에 닿도록 스틱을 집어넣어도 바닥에 닿지 않았다. 김산은 머리를 물속에 넣어 물구덩이를 바라보았다. 수표교 아래에 난 물구덩이가 시퍼런 입을 벌리고 있었다.

김산은 주위를 살폈다. 자신을 향한 시선은 없었다. 그는 눈을 질끈 감고 구덩이 안으로 뛰어들었다.

구덩이를 따라 한참 자맥질하다 보니 갑자기 몸이 위로 떠올랐다. 희미한 빛이 밝아오며 원형 하늘이 드러났다. 가쁜 숨을 들이켜고 돌아보았다. 김산은 우물 안에 떠 있었다.

"저 높은 우물을 어떻게 올라간다?"

붉은 벽돌로 둥글게 쌓아올린 우물은 수면에서 7척은 족히 되었다. 사방을 둘러보던 김산이 우물 위에서 늘어뜨려진 밧줄 하나를 발견했다.

김산은 검푸른 물곰팡이가 낀 밧줄을 잡고 우물벽을 타고 올랐다. 전차를 타고 서울을 배회하던 김산에게는 힘든 과정이었다. 젖 먹던 힘을 다해 우물을 타고 넘으니 눈에 익은 광경이 펼쳐졌다. 우물 밖은 김산이 살고 있는 곳과 같은 판잣집이었다.

김산은 삐꺼덕거리는 판잣집 바닥에 올라섰다. 청계천과 연결되는 벽돌 우물을 둘러싼 판잣집의 구조는 범상치 않았다.

몇 개의 작은 방이 있었고 길가와 청계천을 향해 서너 개의 창이 나 있었다. 지금은 만주로 간 독립군들의 비밀 아지트로 사용되던 판잣집이 청계천에 있다는 말은 들은 적이 있다. 설마 이 집이 그 판잣집일까?

김산은 방문을 하나씩 열어보았다. 주인이 외출한 듯 인기척이 없었다. 그것이 김산을 더 긴장하게 했다. 당장이라도 괴한이 튀어나올 듯한 어둑하고 악취 나는 판잣집 문이 괴기스런 소리를 내며 열렸다.

첫 번째 방 안에는 이불과 화장품이 흐트러져 있었다. 여염집 부녀자가 가지고 있기에는 너무 많은 화장품이 방바닥에 굴러다녔다. 벽에는 여우 목도리며 수많은 모던걸의 의상들이 걸려 있었다. 그리고 화장대의 커다란 거울은 산산이 깨져 화장품과 함께 흩어져 있었다.

김산은 화장대가 있는 방을 나왔다. 다음 방으로 다가가니 코를 찌르는 악취가 풍겼다. 조심히 문을 열었다.

"시체다!"

김산의 얼굴이 새파랗게 질렸다.

두 번째 방 안에는 검은 피로 뒤덮인 시체가 있었다. 수많은 파리가 일제히 시체에서 날아올랐다. 김산은 얼굴을 가리며 시체에 다가섰다.

뒤로 넘어진 시체의 군복에는 이름표가 붙어 있었다. 그의 목에서 터져 나온 피가 온 방 안에 퍼진 듯 좁은 골방의 사면에 비산흔이 역력했다.

"요시무라 중위? 이 사람도 괴물에게 당한 것 같군. 그런데 괴물에게 먹히지는 않았어. 이유가 뭘까?"

김산은 시체를 살펴본 뒤 두 번째 방을 나왔다. 파리가 나오는 것을 막기 위해 급하게 문을 닫았다.

마지막 남은 방은 막다른 골목에 있었다. 구석방이어서인지 어둡고 습했다. 마지막 방으로 가는 복도에 피가 많이 흘러 있었다. 널빤지로 된 마룻바닥이 삭아서 부서져 나갔다. 한 걸음 한 걸음 조심히 걸어야 했다. 마침내 마지막 방문 앞에 도착했다. 김산은 호흡을 가다듬고 천천히 문을 열었다.

문이 열리자 방 안에서 차가운 기운이 흘러나왔다. 그 기운은 어두운 골방 구석에서 나오고 있었다. 상처 입은 괴물이 헐떡이며 내뿜는 얼음처럼 차가운 기류였다. 그런데 정작 김산을 얼어붙게 만든 것은 어둠 속에서 빛나는 두 개의 눈동자였다. 공동묘지 위를 떠도는 인광처럼 인간의 혼을 빼놓는 공포스런 빛이었다.

괴물은 사진 액자를 가슴에 안고 있었다. 젊은 여자의 사진이었다. 괴물이 아름다운 여자의 사진을 안고 있는 모습은 괴기스러웠다.

조용히 뒷걸음쳤다. 의지와 상관없이 손이 떨려 고리 모양 문고리가 덜거덕거렸다.

"끄르르륵."

괴물은 엎드렸던 몸을 일으켰다. 검은 체액을 쏟아내며 괴물이 어기적거리며 다가왔다.

"안 돼!"

김산이 소리치며 뒤돌아 달렸다. 하지만 괴물은 김산보다 빨랐다. 어느새 차가운 입김이 김산의 목덜미에 와 닿았다.

"저리 비켜!"

김산이 스틱으로 괴물의 얼굴을 때렸다.

"크르릉."

외마디 비명을 지르며 괴물이 복도에 넘어졌다.

괴물의 몸에 난 수십 개의 구멍에서 끈끈한 점액질이 흘러나왔다. 괴물은 깊은 총상으로 힘이 소진되어 있었지만 김산과 같은 샌님은 쉬운 상대였다. 괴물이 다시 다가오자 김산의 등에 소름이 돋았다. 잠시 뜸을 들이던 괴물이 뛰어올랐다. 김산은 스틱을 휘둘렀다. 하지만 괴물은 스틱을 물어 두 동강 내버렸다.

김산은 뒤로 물러서며 사방을 둘러보았다. 무기가 될 만한 것은 무엇이든 집어 들었다. 선반에 놓인 접시를 던졌다. 괴물이 잘 훈련된 물개처럼 입으로 받아 냈다. 부엌칼이 손에 잡혔다. 김산은 괴물을 향해 힘껏 칼을 던졌다. 순간 휘청하던 괴물이 목에 칼이 박힌 채 김산에게 달려들었다. 더 이상 피할 길이 없었다.

"꼼짝 마라!"

그때 문이 활짝 열리며 사람들이 뛰어들어왔다. 괴물이 뒤로 물러섰다.

"괴물을 잡아라!"

민치우가 괴물을 향해 철망 그물을 던졌다. 요란한 쇳소리가 나며 괴물이 그물에 얽혔다. 뒤따라 온 기무라 서장과 순사들이 괴물을 옭아맸다. 청계천을 무대로 마음껏 살육을 하던 괴물이 양처럼 포박되었다는 것을 믿을 수 없었다.

"자네는 김산 아닌가? 여기는 웬일인가?"

평소의 악감정으로 기무라 서장이 얼굴을 붉혔다.

김산은 잠시 숨을 골라야 했다. 괴물과의 절체절명의 대결이 벌어진 직후, 아드레날린이 그의 온몸을 질주하고 있었다.

"친구 찾는다는 것이 그만 집을 잘못 들어왔어요."

"재수 없는 조센징은 뒤로 엎어져도 코가 깨진다더니! 하필 들어온

집이 괴물 소굴이라!"

기무라 서장이 흠뻑 젖은 김산을 바라보며 혀를 찼다.

"우리가 자네 생명을 구했네. 보답하는 의미로 우리 종로 경찰의 무용담을 써야 할 거야."

기무라 서장이 김산에게 오만한 얼굴로 말했다.

"감사합니다. 정말 위험한 순간이었어요. 이곳은 어떻게 알고 왔나요?"

김산은 안도의 한숨을 내쉬었다.

"민치우 씨가 장미영의 토막집을 조사하자고 해서 왔네. 하지만 신문 기사에는 우리 종로 경찰의 단독 수사로 보도해주게."

서장이 김산의 귀에 대고 작게 속삭였다.

"괴물은 어떻게 할 생각입니까?"

김산이 작은 소리로 물었다.

"당연히 종로 경찰서로 압송해야지. 그곳에서 철저히 조사할 거야."

기무라 서장이 튀어나온 입매에 힘을 주며 강한 의지를 나타냈다.

"위험한 괴물입니다. 인적이 드문 장소에 격리하는 것이 어떨까요?"

김산이 조심스레 말했다.

"자네 같은 글쟁이가 뭘 안다고 그래? 수사는 우리 소관이네."

기무라 서장이 물에 흠뻑 젖은 김산을 바라보며 말했다. 풀을 먹이고 각을 세운 제복을 입은 순사 앞에서 김산이 한없이 초라하게 보였다.

"자, 이동시켜."

서장의 지시에 순사들이 괴물을 끌고 판잣집을 나섰다. 쇠사슬 속에서 괴물이 필사적으로 몸부림쳤다.

"민치우 선생님도 같이 가시죠."

서장이 판잣집 문을 나서며 말했다.

"이 청년과 잠시 말을 나누고 가겠습니다. 경찰서에서 만납시다."

"괴물도 잡았고 사건은 종결되었습니다. 민치우 선생님 덕분입니다. 경시청에 보고드려 포상을 받으시도록 조치하겠습니다."

"아닙니다. 이 사건은 기무라 서장님께서 해결하셨습니다. 저는 사건 해결에 일조한 것으로 만족합니다."

"그럼 여기서 잠시만 기다려주십시오. 2차 감식반이 곧 도착할 겁니다."

서장은 민치우를 향해 깍듯이 고개를 숙이며 말했다.

"젊은이, 자네가 이곳에 온 것은 우연이 아니었네."

순사들이 자리를 떠나자 민치우가 김산에게 말했다.

"우물 가장자리에서부터 물 자국이 시작되었네. 자네의 옷이 흠뻑 젖어 있으니 자네가 저 우물에서 나왔다고 할까? 아마도 청계천에서 이 집으로 들어오는 비밀 통로가 바로 저 우물일 게야."

"역시 경성의 명탐정, 민치우 선생님이시군요."

김산이 민치우를 보며 탄복했다.

"자네의 쪽지도 잘 전달받았네. 덕분에 그간 청계천에서 일어난 일들을 일목요연하게 파악할 수 있었어. 자네야말로 이 사건에 대해 누구보다도 많은 것을 알고 있어. 그래서 내가 하나 묻겠네."

"다행입니다, 제가 아는 대로 말씀드리지요."

"이 사건은 종결된 것이 아니라, 지금부터 시작되는 것 같아. 내 생각이 맞는가?"

민치우가 잠시 머뭇거리다 물었다.

"지금부터 더 조심해야 합니다. 괴물의 정체가 아직 밝혀지지 않았으니까요."

"그렇다면 다시 한 번 이 판잣집을 조사하세. 뭔가 좋은 대책을 세울 수 있을 거야."

민치우는 김산을 앞세우고 첫 번째 방으로 들어갔다.

"이 방은 술집 여자가 살던 방 같군. 가정주부로서는 상상할 수 없는 많은 화장품과 의상들로 가득 찼어. 그런데 화장대가 박살이 났어. 화장품도 사방으로 던져져 있고."

"긴 머리카락이 수북이 쌓여 있어요. 머리카락을 가위로 자른 것 같지는 않습니다. 머리끝에 둥근 모근이 달렸어요. 머리채를 잡아 뽑았거나 머리카락이 빠져나간 것 같군요."

김산이 방바닥에 쌓인 긴 머리카락을 살펴봤다.

"주사기와 약병 두 개도 떨어져 있군. 약병 하나에는 해골이 그려져 있고 다른 약병에는 해골에 X자가 그어져 있어."

민치우가 주사기와 약병을 주워들었다.

"이 방에 있던 여자에게 뭔가 끔찍한 일이 벌어졌군요. 약병 안의 약이 여자에게 주입되고 그 부작용으로 여자의 머리카락이 빠진 것이 아닐까요?"

김산이 약병을 받아들었다.

"두 약병에 그려진 해골 그림으로 보아 위험한 성분들이군요."

두 사람은 약병을 집어들고 두 번째 방으로 자리를 옮겼다.

"조심하세요, 악취가 심해요."

방문을 열며 김산이 비명을 질렀다. 열린 문으로 악취와 함께 검은 파리 떼가 날아왔다. 새까맣게 시체를 뒤덮고 있던 파리 떼였다. 두 사람은 손바닥으로 입과 코를 가렸다.

"살해된 일본군입니다. 파리 떼의 규모로 보아 살해된 지 보름은 넘은 것 같습니다. 파리 알에서 구더기가 나오고 부화하려면 보름 이상은 걸리니까요."

김산이 민치우를 바라보며 말했다.

민치우는 식민지 수도 경성의 젊은이를 그윽이 바라보았다. 곤충의 생리까지 알고 있는 해박한 지식에 놀라움을 금할 수 없었다.

"대단하군. 그런데 이 군인도 괴물에게 물렸어. 목에 난 상처에서 많은 출혈 흔적이 남아 있어."

"이 남자의 군복으로 보아 관동군 소속입니다. 만주에 있어야 할 남자가 왜 이곳에 죽어 있을까요?"

"금마차 마담에게서 일본군이 판잣집에 사는 기생 장미영을 찾아왔다는 이야기를 들었네. 혹시 그 일본 군인이 이 사람이 아닐까? 그리고 그 기생은 건넌방에서 살지 않았을까?"

민치우가 계속 추리를 진행했다.

"그렇다면 그 여자는 어디에 있을까요? 괴물에게 당했다면 시체라도 남아 있어야 할 텐데요."

"혹시 그 여자가 괴물이 된 것이 아닐까? 관동군이 놓아준 주사를 맞고 여자가 괴물이 된 거야. 여자는 거울에 비친 자신의 흉측한 모습을 견딜 수 없어 거울을 깨고 남자를 죽였겠지. 머리카락이 다 빠지고 얼굴이 흉측스러운 주름으로 뒤덮인 괴물. 날카로운 이가 나고 몸통에는 억센 털로 뒤덮인 괴물이 된 거야. 여자는 밤마다 우물을 통해 청계천에 나갔어. 지나가는 젊은 여자들을 죽여 장기를 먹었던 거야. 그러면 자신의 여성성과 아름다움이 회복되리라 믿었을 거야."

민치우가 쓸쓸하게 말했다.

"믿기 힘들지만 개연성이 있는 추리입니다."

"중요한 것은 약병에 약이 남아 있다는 거네."

민치우는 말했다.

"여기 서류 가방도 떨어져 있습니다."

김산이 군인의 시체를 뒤집자 시체 밑에 깔렸던 갈색 가죽 가방이 모습을 나타냈다.

"가방을 잘 뒤져보세. 생각지 못한 단서가 나올 수도 있어."

민치우는 꿀꺽 침을 삼켰다. 가방을 뒤적이는 김산을 바라보며 동공이 크게 확대되었다.

8
작전 Z

숨진 관동군의 가방에서 나온 것은 검은색 표지의 두터운 보고서였다. 표지에는 선홍색 글씨로 '극비사항(極祕事項)'이라고 찍혀 있었다.

"작전 Z?"

민치우는 보고서 제목을 읽으며 궁금한 듯 말끝을 올렸다. 그는 떨리는 손으로 서둘러 책장을 넘겼다.

그것은 일본 관동군 731부대의 좀비 작전 보고서였다.

"좀비? 좀비란 무엇인가?"

민치우는 김산을 돌아보며 물었다.

"글쎄요. 여기 적힌 것을 보면 살아 있는 시체를 말하는 것 같군요."
두 사람은 괴기스런 보고서를 함께 읽어 내렸다.

'작전 Z' 보고서는 731부대의 연혁으로 시작했다.

731부대는 황량한 만주 벌판에 정신 병동처럼 외따로 세워진 비밀 실험실이다. 거대한 벽돌 건물을 에워싼 전기 울타리에는 24시간 고압 전류가 흘렀다. 침입자와 야생동물을 차단하는 가장 완벽한 수단이었다. 외부와 철저히 격리된 이곳에서 아무에게도 알려지지 않은 죽음의 실험이 진행되었다. 연구소는 생화학 연구원 숙소 건물과 마루타 실험실 겸 시체 소각장 건물로 이루어져 있었다. 마루타 수용소 한편에는 쥐와 개, 비둘기 우리가 있었다. 조류와 설치류, 그리고 유인원이 차례로 비밀스런 세균을 접종받는 장소였다.

1910년 강제병합으로 조선을 식민지화한 일본은 1931년 9월, 만주를 침략했다. 이듬해 1월에는 만주의 대부분을 차지하고 만주국에 731부대라는 비밀 부대를 설립했다. 이 부대에서 중국인, 한국인 등 전쟁 포로를 대상으로 한 세균 생체 실험을 시작했다. 전세계 침략을 준비하던 일본은 부족한 인력이 문제였다. 731부대의 책임자 이시오가 이 문제를 해결하기 위해 '작전 Z'를 시작하게 되었다. 부상을 입어도 죽지 않는 천황의 병사를 만드는 연구였다.

치명적인 손상을 입고도 전쟁을 수행할 수 있다면 수적인 열세를 극복할 수 있다. 심장이나 혈관 등 순환기가 파열되고 뇌와 척수가 흘러나와도 살아남으려면 기존의 의학 지식을 뛰어넘는 연구가 진행되어야 한다. 제한된 병력으로 전 세계를 점령하려는 일본으로서는 꼭 완성해야만 하는 프로젝트였다.

보고서에서는 수많은 시행착오 끝에 개발된 '작전 Z'가 본격 가동되는 과정을 다음과 같이 상세히 기술해 놓았다.

＊ 첫 번째 단계: 임상 실험

1932년 5월 10일

좀비 바이러스는 살아 있는 인체에서 실험되었다. 좀비 바이러스의 양에 따라 반응 속도와 활동력이 증가했다. 좀비 바이러스에 감염된 후 수 시간 내에 날고기를 먹은 좀비는 빠른 활동력을 갖게 되었다. 좀비의 몸이 재구성되는 데 날고기가 필수적이었다.

좀비 실험 중 제일 먼저 진행된 것은 감압 탱크 실험이었다.

사람이 대여섯 명 정도 들어갈 수 있는 탱크 외벽에 내부를 들여다볼 수 있는 유리창이 달려 있었다. 기압 변화에 따른 마루타의 신체 변화를 관찰할 수 있는 장비였다.

실험에 사용된 마루타는 30대 중국인 여성이었다.

생체 실험의 두려움 때문에 여성으로서의 수치심도 느끼지 못했다. 검은색 수감복이 찢겨나가고 속살이 드러나도 부끄러운 줄 몰랐다. 그녀의 유방은 말라붙어 미세한 흔적으로 가슴에 붙어 있었다. 팔다리가 가늘고 얼굴도 광대뼈가 튀어나왔다. 그녀는 목숨만을 구걸할 뿐이었다.

여성의 가는 팔목에 주사기 바늘이 삽입되었다. 굵은 바늘이 얇은 피부를 뚫고 들어가는 순간 여자는 얼굴을 찡그리며 온몸을 움찔했다.

여성의 작은 몸이 탱크 안에 던져지자 완벽한 실링 고무가 달린 철문이 잠겼다. 곧 진공 모터 펌프가 가동되었다. 탱크 외벽에 달린 기압계 바늘이 심하게 흔들렸다. 기압계의 바늘이 0을 지나 -2, -4를 지났다. 탱크 안의 기압이 내려가며 여자가 비명을 질렀다. 그녀의 작은 코에서 코피가 흘렀다. 깡마른 여인의 몸이 공처럼 부풀기 시작했다. 여자의 하체에서 분비물이 뿜어져 나왔다. 노란색 뱀이 여자의 항문에서 튀쳐나왔다. 그것은 여자의 대장이었다. 공처럼 부푼 여자는 숨을 거둔 뒤였다.

진공 펌프 가동을 멈추자 탱크 안으로 공기가 흘러들어갔다. 기압계의 바늘이 원점으로 돌아갔다. 여자의 부푼 몸도 줄어들었다.

하지만 대장을 분출한 채 죽은 시체가 팔다리를 꿈틀댔다. 좀비 바이러스가 여자를 살아 있는 시체로 만든 것이다.

좀비 바이러스가 극심한 압력의 변화에도 생존한다는 것이 증명되었다.

1932년 5월 12일

냉동 실험이 진행되었다. 냉동고 앞에 공포에 질린 남자가 서 있었다. 만주에서 독립운동을 하다 잡힌 20대 조선 남성이었다.

남자의 팔목에 바이러스 주사액을 주입했다. 남자의 굵은 팔목에 거미줄 모양의 검은 혈관이 뻗어나갔다. 건강한 사람에게서 바이러스가 더 빨리 활동을 시작되었다.

"대한 독립 만세!"

벌거벗은 남자가 두 손을 들고 소리쳤다.

연구원들이 남자를 곧장 냉동고에 집어넣었다. 외부에서 자물쇠가 잠기자 안에서 문을 두드리는 소리가 들려왔다. 벌거벗은 채 영하 20도의 냉동고 안에서 문을 두드리며 필사적으로 구조를 요청했다.

십여 분 뒤 소리가 멈췄다. 그리고 세 시간 뒤 연구원들이 잠금 장치를 풀고 냉동고 문을 열었다. 냉동고 안에 얼음 조각으로 뒤덮인 남자가 서 있었다. 수정 구슬처럼 얼어붙은 두 눈이 연구관들을 노려보았다.

남자의 시체에 재갈을 물린 뒤 영상 30도의 욕조물에 시체의 두 다리를 담갔다. 다리 가죽이 흐물흐물하게 녹아내렸다. 다리에서 가죽이 부츠처럼 벗겨졌다. 그때 얼어붙은 남자의 두 눈이 힘겹게 움직이기 시작했다. 두 팔도 조금씩 흔들거렸다. 얼어붙었던 시체가 다시 살아났다.

좀비 바이러스는 장시간 혹한 속에서도 생존한다는 것이 밝혀졌다.

*

1932년 5월 13일

흑사병 실험이 진행되었다.

흑사병에 감염되어 죽어가는 남자는 독립운동을 하던 40대 조선 남성이었다.

남자의 팔에 좀비 바이러스 주사를 놓았다.

주사를 맞은 남자는 5분 안에 자리에서 일어났다. 하지만 그는 의식이 없는 걸어 다니는 시체 상태였다.

이 실험을 통해 좀비 바이러스가 흑사병을 극복하고 생존함을 밝혀내었다.

* 두 번째 단계: 소통 실험

임상 실험이 성공하고 이제 두 번째 단계만 남았다. 만약 두 번째 연구까지 성공한다면 일본 제국이 세계를 지배할 강력한 무기가 개발될 것이다. 황국의 병사들에게 이 바이러스를 주사하면 죽지 않는 무적의 병사가 될 것이다.

1932년 5월 15일

좀비 뇌의 특정 부위를 활성화시키는 실험이 시작되었다. 좀비에게 낮은 단계의 의식을 갖게 하려는 연구였다. 만약 좀비가 아군과 적군을 구별하지 못한다면 전투 명령을 이행할 수 없다.

연구원들은 좀비 바이러스를 뇌의 특정 부위에 침투시키고 변화를 관찰했다. 하지만 특정 부위를 활성화시키려는 연구는 쉽게 결과가 나오지 않았다. 번번이 실패가 거듭되었다.

쇠사슬에 단단히 결박된 좀비들이 침상에 나란히 누워 있었다. 좀비들의 머리에는 두 가지 색상의 전선 패드들이 가득했다. 좀비들의 대뇌에 메시지를 전기 신호로 입력하는 붉은 전선과 그에 반응하는 대뇌의 뇌파를 측정하는 푸른 전선이었다.

아군의 음성 명령을 전기 신호로 바꾸어 입력했다. 하지만 대뇌 전역에서 반응이 미약했다. 전두엽의 언어 영역은 전혀 반응이 없었다. 좀비에게 언어 능력을 갖게 한다는 것은 불가능해 보였다.

하지만 연구를 거듭하는 과정에서 전두엽 반응이 나타나기 시작했다. 사고와 판단을 담당하는 전두엽에서 반응이 일어난 것은 창밖 군인들이 군가를 부를 때였다. 같은 실험을 반복하면서 좀비들이 음악 소리에 반응한다는 것이 밝혀졌다. 반복되는 리듬에 맞춰 좀비의 해마도 활성화되었다.

이 실험을 통해 좀비에게 새로운 기억을 주입하는 것은 불가능하다는 것이 밝혀졌다. 하지만 해마의 반응으로 보아, 좀비들의 생전 기억 중 가장 강렬한 부분은 음악 자극으로 되살릴 수 있다는 것이 입증되었다.

1932년 6월 30일

좀비 바이러스 억제제 실험의 결과가 나왔다.

달리는 자동차에 제동 장치가 필요하듯 좀비 바이러스 억제제도 아군을 보호하기 위한 안전장치다.

그런데 억제제의 효과가 제한적이었다. 단 3주간만 바이러스 전염 방지 효과가 나타난 것이다. 억제제를 투입한 뒤 3주가 지나면 바이러스가 다시 활성화된다.

그런데 억제제는 심각한 부작용을 초래했다. 억제제가 투여된 좀비는 3주간 전염력이 없어진 대신 신체 구조가 재구성되었다. 어기적거리는 좀비보다 훨씬 위험한 존재로 변화했다.

전염력을 잃은 대신 더 강력한 괴물이 된 것이다.

보고서의 마지막 장에는 요시무라 중위의 글이 적혀 있었다.

우리는 지옥의 괴물을 풀어 놓았다.

좀비라는 걸어 다니는 시체들을 창조한 것이다. 우리가 인간을 상대로 생체 실험을 한 벌이었을까? 731부대 전원은 좀비에게 희생되었다. 긴급 무전을 받은 관동군은 폭격으로 좀비들을 흔적 없이 날려버렸다. 지하 실험실에 머물던 내가 유일한 목격자이자 생존자이다. 신이시여 우리의 죄를 용서하소서!

보고서를 읽고 난 민치우와 김산은 처참한 주검이 된 요시무라 중위를 내려다보았다.

"신이 있다면 저 자는 용서받지 못할 겁니다."

김산은 엄숙한 얼굴로 말했다.

"용서는 우리의 영역이 아니네. 우리는 저자들이 만든 좀비라는 괴물과 맞설 준비를 해야 하네. 이제 내 사무실로 가보겠는가?"

민치우는 해골이 그려진 약병을 흔들며 출구를 가리켰다.

9
개선 행진

수표교 앞 판잣집은 쓰러질 듯 위태로웠다. 청계천 경사면을 한 면으로 삼고 다른 삼면은 버려진 널빤지로 얼기설기 세운 구조 위에 양철을 이어 씌운 집이었다. 토막집이라 불리던 이런 집에 수많은 사람들이 몰려든 것은 경성에 주택이 턱없이 부족했기 때문이었다.

금방이라도 떨어질듯 매달린 판잣집 문을 박차고 순사들이 뛰쳐나왔다. 으스대는 순사들이 부러 철거덕거리는 소리를 내며 강철 그물을 끌었다. 순사들 뒤로 그물 속에 갇힌 괴물이 버둥대며 끌려나왔다. 입에서 거품을 내뿜고 몸에 난 총상에서 검은 진액이 흘렀다. 하지만 그물 속에서도 괴물은 포기하지 않았다. 날카로운 송곳니를 드러내며 쉼 없이 포효했다.

"세상에 숭하기도 해라!"

"저 요물이 젊은 처자들을 잡아먹었대요."

"그런데 저 숭한 짐승을 어떻게 잡았대?"

"괴물 잡는 기술도 민치우 선생님이 더 좋은 모양이네."

"명탐정 민치우 선상이 이틀만에 잡았대요."

판잣집 앞으로 수많은 사람들이 몰려들었다. 이미 신문 기사를 통해 민치우의 활약을 알고 있던 경성 시민들은 괴물을 보며 민치우를 칭송했다.

"저리 물러가라."

긴 칼을 휘두르며 기무라 서장이 사람들을 쫓아냈다. 그렇게라도 손상되었던 권위를 세우고 싶었는지 모른다.

"서장님, 경찰차에 괴물을 실을까요?"

한 순사가 이마의 땀을 닦으며 서장에게 물었다.

"아니다. 괴물을 봉에 매달고 간다."

서장이 단호하게 말했다.

"괴물을 매달고 가요?"

기무라 서장의 말에 순사들이 불편한 시선을 교환했다.

"빨리, 서둘러."

서장의 재촉에 순사들이 봉을 찾아 분주히 움직였다. 한 순사가 어디선가 봉을 구해왔다. 어른 팔목보다 굵고 둥근 금속 봉에 괴물이 든 그물을 매달았다. 생포한 멧돼지를 달고 가듯 네 명의 순사가 봉을 어깨에 졌다.

그들은 천천히 청계천을 돌아 나왔다. 그들의 뒤를 두 대의 오토바이와 경찰차가 뒤따랐다. 괴물을 잡은 개선 행진이 시작되었다. 기무라 서장은 봉에 매달려 버둥대는 괴물을 따라 긴 칼을 차고 걸었다. 퇴근 시간의 경성 거리는 괴물 행렬을 보기 위한 인파로 순식간에 가득 찼다.

본정 거리를 지나고 종로통에 도달했다. 야시장 상인들이 모두 뛰어나와 괴물을 구경했다. 괴물은 강철 그물 안에서 몸부림치며 소리쳤다.

"끄르릉, 끄르르릉."

오복점에서 옷감을 고르던 아낙들이 옷감을 떨어뜨렸다. 괴물의 포효에 놀라 혼절한 여인도 있었다. 옷감 두루마기가 풀리며 붉은 카펫처럼 시장바닥을 덮었다. 코흘리개들은 엄마 치마폭에 안겨 울음을 터뜨렸다. 야시장을 헤집어 놓은 뒤, 기무라 서장은 행렬을 이끌고 종로 경찰서에 들어섰다.

경찰서에는 이미 수많은 기자들이 빼곡히 들어서 있었다.

"기무라 서장님, 괴물을 생포하신 것을 축하드립니다. 경시청장님께서도 오고 계시다고 합니다. 괴물을 잡게 된 경위를 말씀해주세요."

"민치우 씨는 괴물을 잡는 데 어떤 역할을 하셨나요?"

기무라 서장은 그물에 든 괴물 옆에 서서 카메라 세례를 즐겼다.

"먼저 괴물에 희생된 희생자분들께 사의를 표합니다. 이렇게 조속히 사건을 해결하는데 민치우 씨가 큰 기여를 했습니다. 하지만 괴물을 잡는 것은 여러분도 짐작하시다시피 정말 위험한 일이었습니다. 종로 경찰서의 과학적 수사와 용맹함이 아니었다면 지금도 괴물이 경성시민들을 해치고 있을 것입니다."

"그렇다면 결정적으로 사건을 해결한 것은 종로 경찰이라는 말씀이군요?"

한 여기자가 수첩에 메모를 하며 물었다.

"우리가 이렇게 괴물을 잡아오지 않았습니까?"

둘러싼 기자단을 돌아보며 기무라 서장이 말했다.

"그 괴물의 정체는 무엇인가요?"

"사냥개인가요?"

"돌연변이인가요?"

기자들이 괴물의 사진을 찍어 대며 소리쳤다.

"지금부터 우리가 괴물의 정체를 밝혀 낼 겁니다. 오래 걸리지는 않을 겁니다."

"그럼 괴물을 유치장에 감금할 계획인가요?"

"네, 종로 경찰서에 철저히 감금해서 조사할 계획입니다."

그때 경시청장이 경찰서에 도착했다. 수행원들이 기자들을 물러서게 하자 순식간에 통로가 만들어졌다. 왁자지껄하던 소음이 순간에 얼어붙었다. 곧게 허리를 편 반백의 신사가 스틱을 들고 기무라 서장에게 다가섰다. 그는 백색 스틱으로 그물 안 괴물을 툭툭 건드렸다.

"끄어억."

경찰서가 괴물의 고함으로 쩡쩡 울렸다. 강철 그물이 철거덕거리며 일어서려는 괴물을 옭아맸다.

"어이쿠."

괴물을 피하려다 경시청장이 엉덩방아를 찧었다.

여기저기서 킥킥거리며 웃음을 죽이는 소리가 들렸다.

헛기침을 하며 일어선 경시청장은 주머니에서 수건을 꺼냈다. 그는 주름진 손으로 목에 흐르는 식은땀을 훔쳤다.

"경애하는 종로 경찰서 수사관 여러분, 여러분들은 오늘 우리가 식민지 치안 유지라는 사명을 충실히 수행하고 있음을 증명했습니다. 경성에 신출귀몰하는 괴물을 추적하고 체포하는 성과를 올린 것입니다. 저는 지금 이 괴물의 수사와 수사 후 방안을 조선 총독부와 협의하고 왔습니다. 앞으로 괴물의 처리 방향은 다음과 같습니다.

첫째, 특별의학담당반이 곧 도착할 겁니다. 수의사와 생리학자로 구성된 의학반이 이곳 종로 경찰서에서 괴물에 대한 연구를 진행할 것입니다. 괴물을 제3의 장소로 이동할 시 발생할 수 있는 여러 가지 위험 부담을 줄이기 위해서입니다. 괴물의 조사는 신속히 진행될 것이며 조사 기간 중 기타 민원 사항들은 인근 경찰서로 이전될 것입니다.

둘째, 연구가 끝난 뒤 괴물의 처리 방안은 계속 논의 중입니다.

다시 한 번 종로 경찰서 소속 수사관들의 노고를 치하하는 바입니다."

순식간에 기자들 사이에서 웅성거림이 시작되었다.

성명을 발표한 경시청장은 괴물 앞에서 포즈를 취했다.

"경시청장님, 종로통의 치안 공백이 우려되는데요."

"종로 경찰서에서 괴물을 연구하나요?"

기자들이 연달아 질문을 쏟아놓았다.

하지만 더 이상의 답변은 없었다. 할 말을 마친 경시청장은 스틱 소리를 남기고 종로 경찰서를 걸어 나갔다.

"쳇, 항상 저런 식이야. 제 할 말만 하고 떠나는군."

"기자회견이 아니고 일방적인 성명서 발표로군."

잠시 웅성이던 기자들도 하나둘 경찰서를 떠났다. 북적이던 경찰서는 한순간에 한산해졌다. 그러자 한쪽에서 대기 중이던 철공이 산소 용접 탱크를 유치장으로 옮겼다. 유치장 한쪽 벽면에 괴물을 위한 특수 결박 장치를 설치하기 위해서였다.

얼굴에 강철 마스크를 쓴 철공이 용접기를 라이터로 점화했다. 두 개의 금속 끝이 녹아 결합되며 연기와 불꽃을 뿜어냈다. 불꽃이 번득일 때마다 놀란 괴물이 몸부림치며 소리를 질렀다.

잠시 후 네 개의 강철 팔찌가 네 개의 쇠사슬 끝에 매달렸다. 유치장 한가운데에 수술용 금속 테이블까지 설치된 뒤 괴물이 유치장 안으로 끌려왔다.

역시 민치우는 달랐다

민치우 경성 괴물을 생포하다

어제 오후 5시경 수표교 앞 토막집에 쇠사슬을 든 민치우가 나타났다. 그는 괴성을 지르며 달려드는 괴물을 향해 강철 그물을 던졌다. 전날 민치우의 추격을 피해 토막집에 숨어 있던 괴물은 저항 한 번 못하고 강철 그물 안에 생포되었다. 민치우를 뒤따르던 기무라 서장과 종로 경찰서 순사들은 생포된 괴물을 메고 경찰서로 행진했다.

이로써 세 명의 여자가 잔인하게 살해된 청계천 살인 사건은 막을 내리게 되었다. 실마리조차 잡지 못하던 종로 경찰에게 민치우의 등장은 큰 행운이었다. 천재적인 추리력으로 괴물의 생태를 파악하여 은신처를 찾아낸 민치우는 경성 시민들의 영웅이라 아니 할 수 없다. 민치우에게 경성시민을 대신해서 감사와 경의를 표하는 바이다.

1932년 7월 24일 동아일보

구형보 기자

신문을 움켜쥔 기무라 서장의 주먹 위로 푸른 혈관이 돋았다. 우악스런 두 손에 공처럼 뭉쳐진 신문은 긴장한 순사들의 머리 위로 날았다.

"김산 이놈! 목숨을 살려줬더니 은혜를 배신해? 감히 이따위 정보를 제공하다니!"

기무라 서장의 분기탱천한 목소리가 경찰서를 울렸다. 그를 둘러선 순사들의 표정이 차갑게 일그러졌다.

"기무라 서장님, 급보입니다. 살인 사건이 또 발생했습니다!"

"어디에서?"

"청계천 살인 사건 모방 범죄가 일어났답니다. 죽첨동에서 잘린 머리가 발견되었답니다."

"뭐야? 잘린 머리? 괴물이 더 남아 있단 말인가? 그런데 죽첨동이라면 서대문 소관 아닌가?"

"하지만 상부에서 기무라 서장님이 지휘하시라는 지시가 내렸습니다. 청계천 사건과 유사한 사건이라는군요."

"그럼, 민치우 선생님께도 연락드릴까요?"

"이번에도 민치우 씨와 함께 수사하실 건가요?"

젊은 순사들이 말했다.

"무슨 소린가? 오늘 신문 기사를 읽고도 부끄럽지도 않나? 민치우가 모든 공을 가져갔단 말이다!"

"정말 그렇습니다."

"속상하는 일입니다."

순사들이 머리를 주억거렸다.

"이번 사건은 대일본 경찰의 명예를 걸고 우리가 직접 해결한다. 알

왔나?"

"네, 최선을 다해 범인을 검거하겠습니다."

순사들이 차렷 자세로 기무라 서장에게 거수경례를 했다.

"우리가 이번 사건까지도 해결 못하면 전원 사표를 써야 한다. 아니, 지금 당장 사표를 제출해. 앞으로 한 달 안에 범인을 못 잡으면 오늘 쓴 사표를 수리하겠다."

순간 얼음물을 뒤집어쓴 듯 경찰서가 고요해졌다. 순사들이 사표를 쓰는 동안 종이가 펄럭이는 소리만이 들려왔다. 잠시 후 한 순사가 완성된 사표를 걷어 기무라 서장의 책상 위에 놓았다.

"당장 자동차와 오토바이 준비해!"

기무라 서장은 괴물이 갇힌 유치장을 돌아보았다. 강철 쇠사슬에 네 다리가 결박된 괴물은 차가운 유치장 바닥에 엎드려 있었다. 몸에 난 수많은 총구멍에서 여전히 검은 체액이 흘렀다. 괴물은 이따금 그르렁거리며 쇠사슬이 허락하는 범위 안에서 몸을 비틀 뿐이었다. 걷잡을 수 없던 살인을 저지르던 괴물이 온순한 수감자로 바뀌어 있었다.

"의학반이 도착하는 대로 생체 실험이 시작될 거야. 그때까지 감시철저히 하도록."

기무라 서장은 괴물을 찬찬히 살펴본 뒤 경찰서를 나섰다.

서장이 차에 올라타자마자 오토바이와 경찰차가 사이렌을 울리며 종로 경찰서를 출발했다. 종로통을 벗어난 경찰차는 남서쪽으로 사건 현장을 향해 달렸다.

10
민치우와 함께 찰스턴을 추다

괴물의 토막집을 나선 민치우와 김산은 인력거에 올라타 이 해 박는 집으로 향했다. 십여 분 뒤 삼각동(광교) 1번지 대로에 접한 멋들어진 2층 건물 앞에 인력거가 멈춰섰다. 탐정 사무소까지 갖추어진 민치우의 이 해 박는 집이었다.

"자 이제 약병 속의 물질을 살펴볼까?"

탐정 사무실의 실험시설 앞에서 민치우가 약병을 꺼내들며 말했다.

토막집에서 가져온 약병 안에는 절반 정도의 약이 남아 출렁였다. 형광빛이 나는 보라색 약이었다.

민치우는 눈을 가늘게 뜨고 약병을 멀리 들어 한참 들여다보았다. 그리고는 약병을 여러 개의 실험관에 넣고 시약을 첨가했다. 여러 가지 정제 과정을 거친 뒤 민치우는 만족스런 미소를 지었다. 실험의 결과물이 작은 병에 모였다.

민치우는 작은 약병을 들고 김산에게 다가섰다.

"김산, 자네를 내 탐정 파트너로 임명하겠네."

민치우는 김산을 바라보며 느닷없는 통고를 했다.

"선생님. 왜 저를 파트너로 삼으려 하십니까? 저는 선생님에 비하면 너무 부족합니다."

김산이 당황하며 말했다.

"자네가 구형보라는 이름으로 기사를 쓴다는 것은 알 만 한 사람들은 모두 다 아는 사실이네. 자네의 기사는 정말 흥미로워. 한 번 자네의 기사를 읽어본 사람이라면 자네의 글에 매료되지 않을 수 없을 거야."

민치우는 정색을 하며 말했다.

"과찬이십니다. 그래도 선생님의 칭찬을 들으니 정말 기쁘군요. 그런데 신문 기사를 잘 쓴다고 명탐정이 될 수 있을까요?"

김산은 얼굴에 기쁨이 가득했다. 존경하는 명탐정의 관심을 받는다는 것은 엄청난 영광이었다.

"자네의 기사는 사건의 핵심을 파악하는 기사라네. 자네의 기사를 읽다보면 누구라도 탐정이 되어 사건을 해결하는 흥분을 느낄 수 있다네. 종로 경찰들도 자네의 기사를 읽고 사건을 해결한 적이 많지 않나? 자네는 기자로만 일하기에는 너무 아까운 자질을 가졌어. 명탐정의 자질 말이야."

"감사합니다. 선생님. 최선을 다해보겠습니다."

감격에 찬 목소리였다.

"참, 내일 오후에 금마차에 가야 하네. 마담과 찰스턴을 추기로 약조했어. 같이 가겠나?"

민치우는 갑자기 화제를 바꾸었다.

"네? 저도 가야 하나요?"

김산은 아직 여급이 나오는 술집을 가보지 못했다.

"자네는 내게 빚이 있네. 인물 탐방 기사에서 나를 플레이보이라 소개한 것 말이야."

"죄송합니다. 저는 다만……."

흥미로운 기사를 쓰려다 보니 지나친 사생활이 노출된 것이었다.

"사과할 것까진 없네. 거짓 기사는 아니었으니까. 단지 그것을 확인할 기회를 주겠다는 거네."

민치우는 멋쟁이 비단 모자를 한쪽으로 살짝 눌러 쓰며 말했다.

김산은 구겨진 양복 상의를 털어서 입었다. 한 손에는 이어 붙인 스틱을 든 채 민치우를 따라나섰다. 두 사람은 민치우의 사무실을 나와 청계천을 향해 걸었다.

청계천은 다시 평화로운 일상으로 돌아왔다.

목청이 찢어지는 듯한 여자의 비명, 순사들의 호루라기 소리. 청계천을 밝히는 횃불, 괴물의 포효와 사냥개의 울부짖음, 콩 볶아 대는 듯한 수백 발의 총소리. 하지만 청계천은 괴물 사냥을 잊은 듯 시치미를 뚝 떼고 있었다. 능청스런 아낙 같이 고요한 천변에서 이른 저녁 연기가 피어올랐다.

청계천 물결 위로 핏빛 석양이 흘렀다. 청계천에서 바라다 보이는 대로변에 하루가 다르게 서양식 건물들이 들어섰다. 비 맞은 고목 위에 솟아나는 버섯 같았다. 종로통, 본정, 황금정에 이름을 대면 알 만 한 큰 회사와 공공기관 건물들이 들어서서 서양의 도시에 와 있는 듯 했다. 하지만 청계천 자신은 서민의 애환을 안고 묵묵히 흘러내렸다.

청계천을 따라 걷다 정이목에서 남쪽으로 걸었다. 황금정 거리가 사막의 오아시스처럼 화려했다. 번쩍이는 네온사인들은 시골 영감들의 혼을 쪽 빼놓았다. 대륙 침략을 본격화한 일본 정부가 경성에도 야간 점등을 정기적으로 시행했지만 황금정은 마지막까지 빛을 밝힌 거리였다.

아직 이른 시간이어서인지 금마차는 한적했다. 흥겨운 축음기 음악만이 흐르고 있었다. 미국 남부 흑인들이 많이 추던 찰스턴 댄스 음악이었다.

"지금 경성에서는 찰스턴을 잘 추는 여자가 최고랍니다. 얼굴에 곰보 자국이 났어도 몸매가 뚱뚱해도 찰스턴만 잘 추면 남자들이 미친답니다."

축음기 음악을 들으며 김산이 민치우에게 말했다.

"아하!"

어깨를 으쓱하며 민치우가 금마차 대리석 바닥 위에서 스텝을 밟았다. 민치우의 미끈한 동작이 빠른 스텝으로 이어졌다. 소리 없이 나타난 마담이 박수를 치며 웃어 댔다.

"민치우 씨, 정말 대단해요. 저와 같이 추실까요?"

마담과 민치우가 축음기 소리를 따라 나방처럼 가볍게 걸어갔다. 홀을 가로질러 축음기가 연주되는 방은 암스테르담 방이었다. 세 사람은 돌아가며 파트너가 되어 신나게 찰스턴을 추었다.

"경성에서 찰스턴을 추다 걸리면 순사들이 경을 친답니다. 하지만 민치우 씨와 춤을 춘다면 누가 뭐라고 하겠어요?"

마담이 붕대를 감은 목을 어색하게 돌리며 말했다.

"호호, 그 꼴이 뭐예요?"

마담은 김산의 차림새를 보고 간드러지게 웃었다. 물에 젖어 구겨진 맥고모자와 양복, 뒤축과 코가 닳아버린 구두, 차마 버릴 수 없어 이어붙인 스틱을 바라보았다.

"찢어진 갓 쓰고 춘향 찾아온 이 도령 같군요."

다시 한참 동안 웃던 마담은 안쪽으로 사라졌다. 잠시 후 나타난 마담의 손에는 윤기 나는 양복 한 벌과 맥고모자 그리고 번쩍거리는 금빛 스틱이 들려 있었다.

"자, 이 옷이 얼추 맞을 것 같아요. 공짜 술 먹다 알몸으로 쫓겨난 모던보이 옷이에요."

"자네에게 꼭 맞을 것 같군."

민치우도 눈을 가늘게 뜨고 양복을 살펴보았다.

의복이 날개였다. 마담이 준 양복으로 갈아입은 김산은 부잣집 도령이 되었다.

셋서서 김산의 새 의복을 보며 즐거워할 때 여급 하나가 헐레벌떡 달려왔다.

"마담 언니, 큰일 났어요! 괴물이 또 사람을 죽였대요."

저녁 손님을 맞기 위해 고대를 하고 있었는지 머리에 둥근 통들을 주렁주렁 매달고 소리쳤다. 반쯤 하다 만 화장이었다. 새빨간 입술을 빼곤 기미 긴 얼굴, 밑이 시커먼 눈두덩이가 생생해 영 술맛 날 분위기는 아니었다.

"또 여자가 죽었어?"

마담의 쭉 찢어진 눈이 공포로 벌어졌다.

"이번에는 갓난애가 죽었어요. 몸통은 없고 머리만 발견되었어요. 괴물 새끼가 어미의 복수를 하러 갓난애들을 죽이러 다닌다는 소문이 파다해요."

여급이 판다처럼 시커먼 눈두덩을 끔뻑였다.

"살인 장소는 어딘가?"

김산이 수첩과 만년필을 들고 물었다.

"죽첨동이라고 했어요. 삼정목쯤이라고 했던가?"

새로운 양복과 맥고모자로 변신한 김산은 금마차에서 뛰어나갔다. 한 손에는 수첩을 한손에는 스틱을 들고 있었다.

민치우 원장도 그의 뒤를 따라 죽첨동으로 향했다.

죽첨동 삼정목의 살인 현장[3]에 수많은 인파들이 몰려들었다.

말 탄 기마 순사들이 구름 같은 인파들을 몰아냈다. 비상 경계선이 쳐지고 사방에서 순사들이 도착했다. 경성의 모든 순사들이 몰려든 듯 죽첨동 삼정목은 감색 제복 입은 사람들로 가득했다. 현장은 식산은행 쓰레기 매립장이었다. 머리가 버려진 현장은 수많은 발자국들로 이미 훼손되어 있었다. 날카로운 칼에 잘린 듯 목 부분에서 깨끗하게 분리된 아이 머리는 종이봉지와 치마에 싸여 있었다. 머리에서 흘러나온 핏자국은 마포 방향 전철길을 건너 200미터 거리까지 이어져 있었다.

김산과 민치우는 각기 다른 인력거를 타고 현장에 도착했다.

서로 모르는 척 독립적으로 수사를 진행하기로 한 것이다. 두 사람이 파트너인 것을 순사들이 알게 되면 필요 없는 견제를 받을 수도 있다. 조선의 언론계와 의료계가 투합한 명탐정 콤비를 일본 순사들이 달가워하지는 않을 것이다.

김산은 현장 외곽을 맴돌며 주변 조사를 시작했다.

종로 경찰과 수사를 한 적이 있는 민치우 원장은 곧장 현장으로 들어갔다.

3. 죽첨동 살인 사건은 1933년 경성에서 발생한 죽첨정 '단두유아' 사건 실화를 바탕으로 하여 소설화 것이다. 출처 ; 경성기담 : 근대 조선을 뒤흔든 살인 사건과 스캔들 전봉관 저 | 살림출판사 | 2006년 07월

"민치우 원장님, 어디서 연락을 받으셨습니까?"

기무라 서장은 자신과 거의 동시에 현장에 나타난 민치우 원장을 보며 소스라치게 놀랐다. 하지만 짐짓 반가운 표정을 지으며 악수를 청했다.

"근처에서 술 한 잔 하다가 살인 사건 소문을 들었소. 오늘은 모처럼 현장 감식에 참여해도 되겠습니까?"

이례적으로 현장 조사에 참여한 민치우 원장은 아이의 나이를 12개월 이내로 추정했다. 아이의 유치 발육 상태를 고려한 것이었다.

"머리를 짧게 자른 것을 보니 남자아이이며 머리의 절단 부위에서 피가 마른 정도로 보아 범행 시간은 10시간 내외입니다. 출혈이 많은 것을 보니 생존 시에 목이 잘렸습니다. 송곳니가 났으니 1세 정도의 아이입니다."

민치우 원장이 과학적인 추리를 덧붙였다.

"다른 사항은요?"

기무라 서장이 물었다.

"머리를 쌌던 치마가 고급스런 것으로 보아 부유한 집안의 아이인 것 같군요. 그리고 머리를 싼 종이가 쌀 봉투처럼 보입니다."

그는 과연 조선의 과학 수사를 대변하고 있었다.

"쌀 봉투라면 쌀집과 과자점, 가루집 등 여러 곳에서 쓰는데 어떻게 단서를 잡는다?"

기무라 서장이 고개를 내저었다.

민치우는 기무라 서장에게 목례를 남기고 현장에서 사라졌다. 그는 동물 실험을 어찌 진행할지 마음이 분주했다.

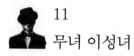

11
무녀 이성녀

"자, 지금부터 수사를 시작한다. 먼저 수사의 방향을 논의하겠다. 주
저하지 말고 의견을 말해주기 바란다."

민치우가 떠나자 기무라 서장이 기지개를 켜며 소리쳤다.

"조선 속담에 각곡유목(刻鵠類鶩), 고니를 새기려다 실패해도 집오
리와 비슷하게는 된다는 말이 있습니다. 그러니 민치우 씨의 수사 방
법에서 배우면 어떨까요?"

"맞습니다. 민치우 씨가 경찰견을 사용해서 괴물을 추적하지 않았
습니까? 우리도 개를 풀어 범인을 찾으면 어떨까요?"

순사들이 한 마디씩 의견을 말했다.

"왜 그 생각을 못했을까? 어린아이 머리에서 피가 흐르고 있었어. 그리고 핏자국도 길 건너편까지 떨어져 있었지."

"맞습니다 서장님. 셰퍼드는 특히 피 냄새에 민감하죠."

주걱턱 순사가 한마디 했다.

"뭐 하는 거야? 빨리 경시청에 셰퍼드를 요청해. 지금 당장!"

기무라 서장이 소리쳤다.

종로 경찰청 순사들이 어린아이 머리가 발견된 장소에서 현장 조사를 시작한 지 한 시간이 지나지 않아 경찰견 세 마리가 도착했다. 기무라 서장은 경찰견들의 코에 아이 머리가 들어 있던 쌀 봉투를 들이댔다. 피로 흥건한 봉투를 보자 검은 아가리에서 굵은 침방울이 흘렀다. 검은 코가 고무처럼 신축성 있게 벌렁거렸다.

"냄새를 잘 맡아둬라."

기무라 서장이 경찰견의 등을 두드렸다.

잠시 후 개들이 머리를 치켜들고 짖어 댔다. 충분히 피 냄새를 인식한 경찰견들이 핏자국을 따라 길을 건넜다.

"휘어이, 휘어이."

팽팽한 개 줄을 잡은 순사들이 손을 휘저으며 행인들을 물러나게 했다. 점점이 말라붙은 핏자국을 따라 길을 건넌 경찰견들이 핏자국이 끝난 지점을 맴돌았다. 끊긴 냄새의 궤적을 찾기 위해 사방을 쿵쿵대며 돌아보았다. 몹시 당황한 듯 낑낑대며 불안한 눈동자로 주변을 돌아보았다. 냄새의 자취를 잃어버린 것이었을까?

"개가 냄새를 찾았어!"

개 줄을 들고 있던 순사가 소리쳤다.

계속 한 자리를 맴돌던 경찰견 한 마리가 갑자기 골목길을 향해 속도를 높였다. 다른 개들도 앞장 선 개를 따라 짖어 대며 달렸다. 한순간에 죽첨동 골목이 개 울음소리로 요란해졌다. 개 비린내와 개털이 오후의 햇살 속으로 퍼져나갔다.

"개가 없어졌어!"

맹렬히 달리던 개가 순사를 따돌리고 골목 어귀를 돌아 사라졌다. 하지만 뒤따르던 개들이 개가 들어간 집을 찾아 달려들어갔다. 개들이 들어간 집은 낡은 초가집이었다. 대문 위에는 흰색과 붉은색 깃발이 걸려 있었다. 굿을 하는 무당집이었다.

"찾았다. 살인범을 찾았어!"

기무라 서장이 무당집에 들어서며 소리쳤다.

무당집에 들어서자 좁은 마당이 개 울음소리로 가득했다. 개들은 꼬리만 남긴 채 마루 밑에 기어들었다. 잠시 후 마루 밑을 파헤치던 개들이 주둥이에 무언가를 물고 나왔다.

"어린애 누비저고리와 치마입니다."

"드디어 증거가 나왔습니다. 어린애 버선도 나왔어요."

경찰견들이 순사들에게 가져온 것은 무당집 마루 밑에서 파내온 어린애 옷가지였다.

"순사 나리들, 무슨 일이십니까?"

오후 낮잠을 청하던 무녀 이성녀와 험상궂은 사내가 당집에서 걸어 나왔다. 하관이 길고 갸름한 이성녀는 상대를 관통하는 눈초리로 바라보았다. 얼굴에 칼자국이 난 사내는 시장 불량아로 보일 정도로 기분 나쁜 얼굴이었다. 그들은 뭔가 시치미를 뚝 떼는 표정으로 순사들을 바라보았다.

"저 두 사람을 경찰서로 압송해라."

즉시 순사들이 두 사람의 손에 수갑을 채워 경찰차에 실었다. 두 사람은 곧 종로 경찰서 유치장에 구금되었다.

"샅샅이 수색하라. 의심스런 것은 모두 찾아야 해."

기무라 서장이 소리쳤다.

순사들은 경찰견을 앞세우고 무당집을 구석구석 수색했다. 부엌에서는 피 묻은 부엌칼과 도마가 나왔다. 안방에 걸린 이성녀의 치마에는 핏방울이 묻어 있었다.

"증거는 충분한 것 같군. 자 종로서로 가자. 의학반이 도착할 시간이야."

기무라 서장이 손목에 찬 금시계를 보며 말했다.

흰색 마스크와 가운을 입은 네 명의 연구원들이 유치장에 들어섰다. 특별의학담당반 앞에 쇠사슬로 사지가 결박된 괴물이 놓여 있었다.

의학반원들은 금속 테이블 위에 실험실 장비들을 늘어놓았다. 시약들과 십여 개 시험관들, 그리고 원심분리기였다.

괴물의 입에는 철망 재갈이 물렸다. 연구원 하나가 커다란 주사기를 들고 괴물에게 다가섰다.

"끄어억."

위험을 감지한 듯 괴물이 바짝 벽으로 물러섰다.

연구원은 차가운 시선으로 괴물을 바라보다가 괴물의 목에 주사기 바늘을 꽂았다. 순간 괴물이 몸을 비틀며 높게 울부짖었다.

연구원은 수없이 채혈을 했다. 테이블 위에 놓인 열 개의 시험관에 채취된 검은 체액이 채워졌다. 채취된 혈액에는 각기 다른 시약들이 더해졌다.

시약과 섞인 체액들은 붉은색, 푸른색으로 변했다. 색의 변화가 없는 시험관, 보라색으로 앙금이 가라앉은 시험관, 어떤 것은 흰 연기를 뿜어내며 끓어올랐다. 시약에 반응된 시험관들은 대형 원심분리기에 끼워져 돌려졌다.

한 연구원은 괴물의 겨드랑이에서 체온을 쟀다. 또 다른 연구원은 괴물의 눈에 전구를 비춰보며 안구 반사를 측정하기도 했다.

혈액 채취를 마친 연구원은 펀치를 들고 괴물에게 다가섰다. 두꺼운 털로 싸인 괴물의 뱃가죽에 펀치를 찔러 넣었다.

괴물이 순간 움찔했다.

한 바퀴 펀치를 비틀어 빼니 피부 한 점이 원형으로 잘려 나왔다. 연구원이 작은 원기둥 모양 피부를 페트리 디시에 넣어 세포 배양기에 넣었다.

"반장님, 이걸 보세요. 괴물의 세포가 미친 것 같아요."

세포 배양기를 들여다보던 연구원이 한 팔을 내저으며 반장을 불렀다.

반장이 서둘러 연구원의 테이블로 다가갔다.

세포 배양기 유리문을 들여다보던 반장이 턱을 떨어뜨리며 뒤로 물러섰다. 그 안에서 무언가가 꿈틀거리고 있었다.

"이럴 수가! 세포가 미친 듯이 분열하는군."

페트리 디시 안에 넣어졌던 지름 5밀리미터의 피부가 송이버섯처럼 부풀어 올랐다. 세포는 계속 분열해서 투명한 뚜껑을 밀쳐냈다. 밀려난 페트리 디시 뚜껑이 세포 배양기 바닥에 떨어졌다. 고요한 유치장 안에 유리 깨지는 소리가 울려 퍼졌다.

"세포 분열의 속도와 횟수가 대단합니다. 이 정도로 세포 분열이 일어나면 죽은 사람도 살릴 수 있지 않을까요?"

젊은 여성 연구원이 중년의 반장을 향해 질문했다.

"충분하지."

반장이 고개를 깊이 끄덕였다.

"반장님 이쪽으로 와주세요!"

현미경으로 체액을 관찰하던 남성 연구원이 손을 흔들었다.

"검은 체액 안에서 미세 세포들이 번식하고 있어요."

연구원이 현미경 대안렌즈에 눈을 들이대며 소리쳤다.

의학반 반장이 급히 달려와 현미경에 눈을 가져다 댔다. 몇 번인가 눈을 찡그리고 초점을 맞춘 뒤에야 명확한 영상이 나타났다.

"뉴론 셀들이 과대 성장을 한 것 같군. 갱글리온 셸과 덴드라이트 셀들이 차례로 연결되고 있어."

무서운 속도로 분열하는 세포와 그 안을 헤집고 들어서는 거대 신경 세포망들. 그것은 생물체의 몸체가 짧은 시간 안에 만들어질 뿐만이 아니라 감각과 운동을 가능케 하는 신경망 형성도 단기간에 일어난다는 것을 의미했다.

"걸쭉한 체액에 수많은 단세포들이 떠다녀요. 세포막이 얇긴 하지만 세포의 기본 구조가 모두 갖추어진 완벽한 세포들이에요."

수많은 단세포들로 가득한 괴물의 체액. 그것은 괴물의 신체가 파괴되어도 즉시 복구되어 활동이 지속될 수 있다는 것을 의미했다.

"생김새는 해태와 같이 생겼는데 불가사리와 같은 생물체군요. 신체를 여러 조각으로 잘라내도 죽지 않고 다시 살아나는 불가사리!"

젊은 여성 연구원이 흘러내리는 검은 안경테를 올리며 말했다.

"조선에 불가사리라는 전설의 괴물이 있습니다. 무쇠를 먹고 사는데 죽일 수 없다고 해서 불가사리라고 하더군요. 곰의 머리와 몸, 코끼리 코, 호랑이 발톱을 가졌다고 했어요."

조선인 연구원이 조선의 괴물을 설명해주었다.

연구원들이 검사를 계속할수록 전설 속의 괴물 불가사리의 속성을 떠올리게 되었다.

"괴물의 생리학적 특성은 거의 파악되었어. 그런데 이 괴물이 언제 어디에서 생겨났는지는 모르겠군."

"조선의 전설대로 남편을 잃은 부인이 밥풀을 뭉쳐 만들었을 리도 없고요."

"최소한 괴물의 이름은 지어졌네요. 불가사리 어때요?"

반장과 연구원들이 대화를 나누면서 자연스럽게 괴물의 이름이 지어졌다.

의학반은 밤새 기본 조사를 끝마쳤다. 조사가 진행되면서 연구원들이 눈치 채지 못한 사실은 시간이 흐르면서 괴물의 체력이 강해졌다는 것이다. 검은 체액을 흘리던 수십 개의 총구멍이 밤새 흔적 없이 사라졌다. 숨을 헐떡이며 괴로워하던 괴물은 고른 호흡을 하며 근육을 부풀렸다.

유치장에 갇힌 무녀 이성녀는 반대편 유치장에서 일어나는 일들을 넋을 놓고 바라봤다. 소문으로만 듣던 청계천 괴물이 쇠사슬에 묶여 벽면에 달려 있었다. 접신 중에 마주하던 아귀 모습 같아 끔찍했지만 자세히 보니 사람의 모습도 일부 갖춘 것 같아 측은한 마음이 동했다. 의학반이 계속해서 괴물 몸에서 피를 뽑아 이런저런 실험을 하는 것은 더욱 흥미로웠다. 무엇보다 연구원들이 주고받는 대화에 무녀의 작은 실눈이 크게 뜨였다. 죽지 않는 불가사리가 바로 괴물의 정체라니.

"내가 이곳에 잡혀온 것은 신의 계시야. 불가사리를 만나게 하려는 신의 계시가 분명한 게야."

기무라 서장과 다른 순사들은 의학반의 조사 결과를 듣느라 정신이 없었다. 의학반이 자리를 뜨고 나서야 무녀의 심문이 시작될 듯했다.

그때 무녀가 갇힌 유치장 앞으로 눈에 익은 순사가 걸어왔다. 굿판을 벌여서 동네방네 시끄럽게 한다는 민원을 접수하고 당집에 출동했던 노무라 순사였다. 이미 수차례 엽전이 건네졌던 사이라 무녀가 노무라 순사에게 은근한 눈빛을 던졌다.

"어흠."

노무라 순사는 무녀를 모른 체하며 지나갔다. 그도 그럴 것이 엽기적인 살인 사건 용의자를 아는 척 해봤자 도움 될 것이 없으리라. 이성녀가 한숨을 내쉬며 고개를 떨어뜨렸다. 잠시 후 의학반이 경찰서에서 철수를 시작했다.

"자, 이제부터 죽첨동 살인 사건 수사를 진행해볼까? 노무라 순사, 무녀를 데려와."

기무라 서장은 피 묻은 증거물들을 책상 위에 올려놓은 채 무녀를 기다렸다. 잠시 후 새파랗게 얼굴색이 변한 무녀 이성녀가 유치장에서 끌려나왔다.

"이름은 이성녀, 나이는 45세, 직업은 무당이라. 인적 사항은 맞나?"

기무라 서장이 노무라 순사가 작성한 조서를 읽어 내린 뒤 이성녀의 얼굴을 바라보았다.

"네 맞습니다. 나리. 하지만 저는 아이를 죽이지 않았습니다."

무녀는 단호하게 결백을 주장했다.

"이 약탕기 안에 든 것은 무엇인가? 어린애 간이 아닌가?"

기무라 서장은 단정적인 어조로 말했다.

"나리, 비록 제가 천한 일을 할지언정 어찌 사람의 탈을 쓰고 어린애 간을 먹겠습니까? 약탕기 안에 든 것은 소간입니다. 눈이 침침해서 소간을 달여 먹고 있었습니다. 그런데 아이고 내 팔자야. 내가 살인범 누명을 썼구나."

무녀가 신세를 한탄하며 울기 시작했다.

"그럼, 아이의 치마, 저고리와 버선이 왜 마루 밑에서 나왔나? 그리고 피 묻은 부엌칼과 도마 그리고 앞치마는 어떻게 설명하려나?"

"아이 옷과 버선은 동자 신을 모시기 위해 마루 밑에 숨겨 둔 것이고 소간을 다듬다 보니 칼과 도마, 앞치마에 피가 묻은 것이올시다. 거듭 말씀 드리건대 저는 살인을 하지 않았습니다."

무녀가 옷고름으로 눈물을 찍어내며 말했다.

"당신 시아버지가 이틀 전 죽었어. 매독균이 전신에 퍼져 등창이 터지면서 죽었다고 하더군. 당신은 불치병을 치료하기 위해 갓난아이의 골과 간을 시아버지에게 먹였던 거야. 물론 효과는 없었겠지만."

기무라 서장은 마지막 쐐기를 박았다.

"아니올시다. 나리. 분명 소인은 아니올시다."

무녀는 더 이상 말을 잇지 못하고 아니라는 말만 반복했다. 하지만 그녀를 향한 물증과 심증은 굳어져 있었다.

"네 서방도 네가 아이를 죽였다고 증언했다."

"네, 제 서방이요?"

이 성녀는 취조실에 들어서는 기둥서방을 바라보며 정신을 잃었다.

오후 6시, 기무라 서장은 괴물과 무녀를 유치장에 가둔 채 종로 경찰서를 나섰다. 괴물은 네 다리에 사슬이 묶인 채 유치장 벽에 매달려 있었다. 괴물이 마주보이는 유치장에서는 무녀 이성녀가 기진하여 쓰러져 있었다.

두 명의 순사가 기다란 아리사카 소총에 단검을 장착한 채 철문 밖을 지켰다. 밤을 새워 유치장을 지키던 순사 하나가 화장실에 가자 노무라 순사 혼자서 무녀를 바라보았다. 그제야 순사는 무녀에게 친근한 눈길을 주었다.

"노무라 순사님, 저는 범인이 아닙니다. 동자 신께서 저의 무죄를 밝혀주실 것입니다."

"제발 그렇게 되기를 바라네."

"순사님, 한 가지 제안이 있습니다."

"무슨 수작 하려는 것은 아니지?"

"천만에요. 제가 무슨 벌을 받으려고 그런 짓을 하겠습니까? 괴물의 피를 뽑아주십시오. 제 어머니가 불치병으로 병석에 누워 있습니다. 누가 압니까? 저 괴물의 피를 드시면 자리를 털고 일어나실지."

"그건 안 돼. 들키면 곤란해."

"제 어머니의 목숨이 달린 일입니다. 제가 목숨을 걸고 비밀을 지키겠습니다. 그리고 순사님께 백 원을 드립지요."

"백 원이라? 정말인가?"

무녀는 다시 눈웃음을 치며 고개를 끄덕였다.

노무라 순사는 얼른 괴물이 들어 있는 유치장문을 열었다. 괴물 앞 테이블에 굵은 주사기 하나가 놓여 있었다. 그는 주사기를 들어 괴물의 가슴에 깊이 찔렀다.

"끄어억."

괴물이 낮게 신음을 냈다.

주사기 안으로 검은 체액이 가득 흘러들었다. 순사는 약병에 주사기의 체액을 옮겨 담은 뒤 유치장을 나왔다.

"자 여기 있네. 꼭 비밀은 지키게."

"물론입지요."

무녀는 가슴 사이에 숨겨 두었던 지폐 뭉치를 노무라 순사에게 건네주었다. 순사에게 받은 약병은 가슴 무덤 사이에 깊이 숨겼다.

12
선무당이 무녀를 잡다

다음 날 아침 8시 정각에 기무라 서장이 출근했다. 며칠간 철야 근무로 지쳤던 그는 모처럼 숙면을 취해서인지 만족한 표정이었다. 경시청장에게 받을 축하 인사를 떠올리며 얼굴 가득 미소 짓고 있었다.

"밤새 수고들 했네. 괴물은 잘 있지?"

유치장을 지키던 두 명의 순사가 서장에게 절도 있게 손을 올렸다.

"네, 경계 중 이상 무입니다!"

기무라 서장의 기호에 맞는 각이 선 행동이었다.

"자, 문을 열게."

소총을 멘 순사가 철문을 열었다. 기무라 서장이 어깨를 좌우로 으쓱이며 유치장 안으로 들어섰다.

"뭔가가 이상해. 괴물이 달라졌어."

쇠사슬에 묶인 괴물에게 다가선 기무라 서장의 목소리가 떨렸다.

온몸에 검은 털이 나고 얼굴은 주름으로 뒤덮였던 괴물 대신 쇠사슬에 매달린 것은 가녀린 여자였다.

머리카락이 없었지만 이목구비가 뚜렷했다. 가는 허리와 풍만한 가슴과 둔부는 여성이 확실했다. 굵은 네 다리가 가녀린 두 팔과 두 다리로 바뀌어 묶여 있던 쇠사슬이 느슨해졌다.

"괴물이 없어졌어. 이 여자는 누구야? 어디서 데려온 거야!"

기무라 서장이 소리쳤다.

"서장 나리, 어젯밤 아무도 괴물을 건드리지 않았습니다. 제가 이쪽 유치장에서 밤새 지켜보았습니다."

묻지도 않았는데 이성녀가 대답했다.

"서장님 큰일 났습니다. 이 신문 기사를 보십시오!"

밤샘 보초로 흰자위에 핏발이 선 노무라 순사가 조간신문을 펼쳤다. 기무라 서장은 미간을 구기며 신문 속에 얼굴을 파묻었다.

선무당이 무녀를 잡다

24일 오후 4시경 경성 죽첨동 삼정목에서 잔인하게 살해된 시체가 발견되었다. 식산은행 앞 쓰레기 매립장에 버려진 아이의 머리는 앞치마와 쌀 봉투에 싸여 있었다.

이 사건은 잔인한 살인 수법으로 볼 때 청계천 살인 사건과 유사하다고 할 것이다. 그래서인지 경시청은 서대문 경찰서의 소관인 사건을 종로 경찰서로 이관했다. 민치우에게 청계천 사건 해결의 모든 공을 빼앗겼던 종로 경찰서장 기무라 서장은 회심의 미소를 지었으리라. 그는 이번 사건을 스스로 해결해 보임으로써 민치우에 버금가는 명성을 얻으려 했을 것이다. 하지만 그는 시작부터 민치우의 그늘을 벗어나지 못했다. 민치우가 경찰견을 풀어 괴물을 추적한 점을 모방해서 수사를 시작했다. 동기야 어떻든 범인만 제대로 잡았다면 그도 명탐정의 칭호를 얻게 되었을 터였다. 하지만 민치우의 방법을 우격다짐으로 적용시킨 그는 무죄한 무녀를 유치장에 가두고 심문 중이다. 선무당이 무녀를 잡은 셈이다. 믿겨지지 않을 만큼 황당한 기무라 서장의 수사는 다음과 같다.

경찰견들에게 시체를 싼 앞치마와 쌀 봉투 냄새를 맡게 했다. 200미터 정도 핏자국을 따라간 경찰견들은 핏자국이 끝난 지점에서 길을 잃고 헤맸다. 앞선 개 한 마리가 무당집에 들어가자 나머지 개들도 당집에 들어가 짖어 댔다. 기무라 서장은 코 막힌 개가 무당집에 들어갔다는 이유만으로 무당집을 수색했다. 무당집 마루 밑에서는 아이 저고리와 치마, 버선이 나왔다. 부엌에서는 피 묻은 칼과 도마가 발견되었다. 기무라 서장은 이 증거들을 바탕으로 무녀가 살인범이라고 심증을 굳힌 듯하다.

하지만 경성 의대에서 나온 검사 결과는 무녀의 무죄를 뒷받침하고 있다. 무녀의 칼과 도마에서 채취한 피는 동물의 피로 밝혀졌다. 무당 집 마루 밑에서 발견된 어린아이 저고리, 치마와 버선은 1년 전 종로통 포목점에서 무녀가 구입했다는 것이 밝혀졌다. 포목점 주인이 무녀가 동자 신을 위해 어린아이 옷을 샀다고 증언했다. 결국 기무라 서장이 수집한 증거는 사건과 무관한 것으로 밝혀졌다. 하지만 기무라 서장은 경찰견이 무당집에 들어갔다는 이유만으로 무녀를 구금하고 죄인처럼 심문하고 있다. 이는 명백한 사법권의 남용이라 아니할 수 없다. 종로 경찰은 하루속히 무고한 무녀를 석방하고 소위 과학적 수사를 시작하여야 할 것이다.

1932년 7월 25일 동아일보

구형보 기자

신문을 읽고 난 기무라 서장은 머릿속이 새하얘졌다. 신문에 박힌 수많은 글자들이 미세한 사금파리가 되어 그의 뇌리를 찔러왔다. 일본이 조선 점령을 합리화하는 가장 큰 이유는 치안 유지였다. 일본은 조선 통독부의 통치 아래 경성이 세계 어느 도시보다 안전한 도시가 되었다고 선전하고 있었다. 그런데 강력 사건이 잇달아 일어나고 신문에서는 일본 경찰들의 무능함이 조목조목 거론되고 있었다. 그는 숨을 곳을 잃어버린 산짐승처럼 거친 숨만 내쉬었다.

"기무라 서장님."

전화기를 들고 그를 부르는 순사가 아니었다면 그는 더 깊은 나락 속으로 추락했을 것이다.

"경시청장님 전화입니다."

"가져오게."

기무라 서장은 한 번 숨을 고른 다음 전화를 받았다.

"네, 기무라 서장입니다."

서장의 목소리가 경직되었다.

"한마디만 하겠네. 무녀를 석방하게. 그리고 수사를 원점부터 시작하게."

수화기에서 차가운 지시가 울려 나왔다.

"하이!"

기무라 서장은 기립자세로 대답했다.

"무녀를 석방해."

그는 유치장을 향해 힘없이 말했다.

이틀간 무녀 이성녀를 가두었던 철장 문이 한순간에 열렸다.

"동자 신이시여 감사합니다. 제 무죄를 밝혀주셔서 감사합니다."

무녀는 순사들에게 연신 굽실거리며 종로 경찰서를 나섰다. 그녀의 뒷모습을 바라보는 순사들의 얼굴은 사납게 일그러져 있었다.

무녀는 종로통에서 마포 방향으로 가는 전차에 올라탔다. 빈자리가 눈에 띄었지만 여학생들은 자리에 앉지 않았다. 전차 손잡이를 잡은 그녀들 손목에서 금시계가 반짝였다. 한창 유행 중인 금시계였다. 이성녀는 여학생들을 밀치고 전차 한구석에 있는 빈자리에 앉았다.

"차장님, 이 전차가 황금정도 들러 가나유?"

어수룩한 사투리가 들려왔다.

"빠가야로, 누가 그딴 걸 물어보라고 했나!"

전차 차장이 사납게 소리를 질렀다.

따악!

거의 동시에 일어난 일이었다. 차장이 시골 청년의 따귀를 갈기는 소리가 전차 안에 울려 퍼졌다. 하지만 전차 안 사람들은 누구 하나 놀라는 사람이 없었다. 차장들의 폭력은 하루이틀 일이 아니었다. 전차 안에서 이런 굿판이 벌어져도 이성녀는 개의치 않았다. 그녀의 늘어진 젖가슴 사이에서 희망이 출렁이고 있었다. 순사에게 백 원을 주고 얻은 괴물의 체액이 그녀의 따뜻한 젖계곡에서 거칠게 출렁였다.

"동자님 감사합니다. 제게 불로장생의 약을 주셔서 감사합니다."

이성녀는 불로장생의 약으로 자신의 인생을 바꿀 수 있다는 생각에 가슴이 벅찼다. 평생 천한 무당이라고 손가락질당하며 살아왔다. 시집도 못 가고 기둥서방에게 손찌검만 당하던 그녀였다. 하지만 괴물의 체액은 비천한 시궁창에서 그녀의 삶을 건져낼 것이다.

이리저리 미래를 꿈꾸는 사이 전차는 어느새 죽첨동 식산은행 앞에 도달했다. 무녀는 전차에서 내리자마자 쓰레기 매립장을 둘러보았다. 아이가 버려졌던 자리에는 아직도 흔적이 남아 있었다. 검붉게 굳은 핏자국, 주변 쓰레기를 파헤친 흔적이 면밀한 수사가 진행된 사건 현장임을 알려주었다.

"액은 복을 이끌고 온다."

무녀 삶의 신념이었다. 자신의 고객들에게 해주던 위로의 말이기도 했다. 쓰레기더미에 버려졌던 아이 머리가 자신에게는 이와 같은 복을 안겨다주었다. 살인범으로 몰려 유치장에 갇히는 고초를 겪기는 했지만 말이다. 무녀는 자신도 모르게 어깨가 들썩였다. 전찻길을 건너 핏자국을 따라 걸었다. 비가 내리지 않아서인지 굵은 핏자국이 아직 희미하게 남아 있었다. 골목 어귀에서 핏자국이 끝나 있었다. 그곳에서 경찰개들이 길을 잃었을 게다. 그 개들을 무녀에게 인도한 것은 동자 신이었는지 모른다. 자신에게 복을 주기 위해 일시적인 고초를 겪게 하신 것이다. 고초를 겪음으로써 신에 대해 순종하는 마음이 더해졌다.

개들이 마구 달렸을 골목길을 걸어 붉은 당기가 걸린 자신의 집에 들어섰다. 며칠 만에 들어섰지만 당집은 변함없이 그녀를 맞아주었다.

"풀려났다는 소리는 들었어."

낮술에 얼굴이 벌그레한 기둥서방이 툇마루에 누워 성녀를 반겼다. 그는 모든 것은 이 성녀가 꾸민 일이며 자신은 아무것도 모른다고 둘러댔다. 이성녀가 살인을 했다는 증언까지 마친 뒤 유치장에서 미리 풀려날 수 있었다.

"씨부럴 놈, 지 여편네를 팔아먹고 낮술 먹고 뒹구나?"

"공술 먹은 것은 아니네. 방금 전 대갈 대감 댁에서 전갈이 왔네. 대갈 대감이 깔딱 고개를 넘고 있대. 천도제를 해야 할 것 같다 하대."

이틀만에 얼굴을 마주한 남녀가 첫소리를 주고받으며 인상을 구겼다.

"어서 옷 갈아입고 대갈 대감 댁에 가게. 두둑이 챙길 수 있을 거야."

남자는 굿할 장비를 챙기며 말했다. 무녀는 하릴없이 당집에 들어가 울긋불긋한 무당 옷으로 갈아입었다. 기름진 머리는 물수건으로 닦아내고 쪽 비녀를 찔러 묶었다. 외투를 걸치고 경대 앞에 선 무녀는 시퍼런 칼날을 허공에 그었다. 눈앞에 번갯불이 번뜩였다.

"무녀님, 인력거가 왔어요. 대감님이 매우 위독하세요."

색바랜 창호문 밖에서 어린 여자애 목소리가 들려왔다. 대갈 대감의 하녀였다.

"대감이 위독한데 웬 굿을 해달라는 성화냐? 내가 굿을 하면 죽은 사람이 살아나기라도 한다더냐?"

무녀의 목소리에 섬뜩한 기운이 실려 있었다.

"대갈 대감님이 눈앞에 헛것이 자꾸 보인다고 합니다. 저승사자와 온갖 원혼들이 들끓어서 눈을 못 감으시겠다고 해요."

"나보고 잡귀들을 쫓아달라는 말이구나. 대감이 편히 죽게 해달란 말이구나."

"네, 그렇습니다. 빨리 서둘러주세요. 무녀님을 당장 모셔오라는 불호령이 떨어졌어요."

하녀의 목소리에 울음이 섞였다.

"저리 비켜라!"

무녀가 서슬 퍼런 칼을 들고 방문을 박차고 나타났다.

"에구머니나!"

하녀가 마당에 엉덩방아를 찧었다. 무녀는 하녀를 지나 인력거로 걸어갔다. 인력거에는 이미 제구와 징이 실려 있었다.

"작두도 신거라."

무녀의 목소리에는 신명이 나 있었다.

"자. 작두도 실었네. 내 금방 뒤따라감세."

기둥서방이 머리를 긁으며 헤프게 웃었다. 무녀는 기둥서방을 세모난 눈으로 노려보았다.

"조금만 있으면 다시 볼 일은 없을 거야."

이를 갈며 혼자 중얼거릴 때 인력거가 무당집을 떠났다.

13
살아난 대갈 대감

삐질삐질 굵은 땀방울을 흘리며 인력거꾼이 대로를 달렸다. 전찻길을 따라 달리다가 자동차를 뒤쫓기도 했다. 거친 인력거꾼의 숨소리를 들으며 무녀는 대갈 대감의 천도제를 기획했다. 천도제는 본래 죽은 자의 영혼을 좋은 곳으로 인도하는 의식을 말한다. 그런데 대갈 대감은 워낙 악행을 많이 했기에 쉬이 죽지도 못하는 위인이었다. 조선의 옥쇄를 빼앗아 총독부에 바쳤고 고종 대왕을 독살한 윤덕영. 그를 잡아가려는 원혼들을 쫓아내어 그가 편히 눈감게 해주는 것이 그녀가 할 일이었다.

그런데 그녀의 머릿속에 원대한 계획이 떠올랐다. 만약 죽어 가는 대갈 대감을 살려 놓는다면 그녀는 모든 것을 얻게 될 것이다. 조선 마지막 왕비 순정효황후의 큰아버지, 윤덕영을 살린다면 조선 땅 방방곡곡에 이성녀의 이름이 알려질 것이다. 물론 대갈 대감은 영원히 원혼에 시달려야 할 것이다.

인력거는 남산골 밑 진고개를 향해 마지막 속도를 냈다. 내지인들의 고급 주택들이 즐비한 동네였다. 그중 가장 화려한 주택 앞에 인력거가 섰다. 파리의 베르사유 궁전을 연상케 하는 백색 3층 주택이었다. 서너 개의 날카로운 첨탑이 하늘을 찌르는 주택에서 벌써 통곡 소리가 들려왔다. 발코니에서 눈 빠지게 기다리던 하인들이 달려 나와 무녀를 안으로 안내했다.

"무녀님 서두르십시오. 대감마님께서 힘들게 기다리고 계십니다."

"왜 이리 늦으셨어요?"

한마디씩 던지며 하인들이 서둘러 무녀를 2층 침실로 데려갔다. 높은 침대 위에서 대갈 대감 윤덕영이 꿈틀대고 있었다. 앞뒤 머리가 짱구라서 대갈 대감이라 불렸던 그는 볼록한 이마 아래로 흰자위를 번득이며 마지막 숨을 내쉬었다.

"무, 물러가라. 귀신들아!"

그의 입에서 반복되는 말이었다.

"대감마님, 소녀가 곧 잡귀들을 쫓아드리겠사옵니다."

곧 인력거꾼이 작두를 들고 왔다. 뒤따라온 기둥서방이 징을 치기 시작했다. 신명난 무녀가 퍼런 작두날 위에 올라 덩실덩실 춤췄다.

"대감 어떤 귀신들이 눈에 보이나요?"

작두 위에서 무녀가 물었다.

"고, 고종 대왕, 그리고 두 명의 상궁들이 보여."

"고종 대왕이요? 어떤 모습입니까?"

"식혜 그릇을 떨어뜨리고 입에서 피를 흘려. 아 아니에요. 내가 시킨 것은 아니에요. 그것은 총독부에서 내려온 지시사항이었어요!"

"상궁들은 어떤 모습입니까?"

"상궁들의 가슴에 칼이 꽂혀 있어요. 식혜에 독을 넣은 상궁들이 자객들에게 칼을 맞았어요. 그것도 내가 한 것은 아니에요. 총독이 시키는 대로 했을 뿐이에요. 독살의 증거를 없애기 위해 상궁들을 죽였을 뿐이에요. 제발 나를 내버려둬요!"

"대감, 아무 걱정 마십시오. 제가 원혼들을 깨끗이 물리쳐드립죠. 고종 대왕이든 상궁들이든 아무 문제없어요."

작두 위에서 무녀가 크게 손을 휘둘렀다. 징소리가 더 빨라졌다.

"물러가라, 귀신들아, 동자 신이 나신다."

한동안 굿판이 벌어지자 대갈 대감이 깊은 잠에 빠져들었다.

"감사합니다. 무녀님. 아버님이 이제 편안하게 눈을 감으실 수 있겠습니다."

윤기 나는 검은 양복 차림의 남자가 무녀에게 다가왔다.

"아드님, 제가 긴히 드릴 말씀이 있습니다."

무녀가 좌우를 둘러보며 남자에게 말했다.

"다들 물러나 있거라."

하인과 식솔들이 모두 아래층으로 내려갔다.

"혹시 말입니다."

무녀가 눈을 좌우로 굴리며 메마른 입술에 침을 발랐다.

"혹시라뇨? 편하게 말씀하십시오."

대갈 대감 아들이 말했다.

"혹시 제가 부친을 소생시킨다면 허락하시겠습니까?"

"네? 무슨 말씀입니까? 경성의대에서도 포기한 분입니다."

"확실한 약조를 할 수는 없습니다. 하지만."

"무녀님이 아버님을 살릴 수 있는 비법을 가지고 계십니까?"

"제가 불노장생의 비법을 가지고 있습니다. 하지만 아직 사용해보
지 못했습니다."

"실패해도 좋으니 그 비법을 사용해주십시오."

대갈 대감 아들이 간곡히 부탁했다.

무녀는 대답 대신 자신 있는 미소를 머금었다.

"만약 제가 대감을 살려드리면 무엇을 해주시겠습니까?"

"돈은 얼마든지 드리겠소. 아버님만 살려주신다면."

아들의 대답 뒤로 잠시 침묵이 흘렀다.

"소녀는 돈 몇 푼에 선행을 하려는 것이 아닙니다. 소녀가 대감을 살
렸다는 것을 신문에 실어주시면 됩니다."

"알겠소. 당연히 그리 해야죠."

남자는 무녀에게 거듭 고개를 조아렸다.

"소녀가 불노장생의 비법을 사용하는 동안, 아무도 이곳에 오면 안됩니다. 동자 신이 노하셔서 부정을 타게 됩니다. 그러면 대감님이 바로 돌아가십니다."

"알겠소. 내 모든 사람들이 이곳에 오지 않도록 단속하겠소. 그러니 얼른 시작하시오."

남자는 서둘러 침실 문을 닫고 계단을 내려갔다.

"동자 신이시여! 대감님을 살려주소서."

무녀는 짐짓 목소리를 높였다. 아래층 사람들도 충분히 들을 수 있을 만한 소리였다.

"동자 신이시여, 저승사자를 내치소서. 원귀들을 내쫓고 대감님을 살려주소서!"

무녀는 징을 치며 제자리에서 펄쩍펄쩍 뛰었다. 건물 전체가 울릴 만큼 높이 뛰어올랐다.

한참 동안 춤추던 무녀의 눈동자가 게슴츠레 풀렸다. 접신이 되어서일까 온몸이 벼락 맞은 듯 떨렸다. 그리고는 머리를 떨어뜨리고 한동안 멈춰 섰다.

그녀는 지옥의 미소를 흘리며 대갈 대감의 침대로 다가갔다. 네 개의 덩굴 모양 기둥 위에 달린 흰 천 아래에서 대갈 대감이 깊은 잠에 빠져 있었다.

"대감, 영원한 삶을 원하시지요? 소녀가 그것을 얻게 해드립지요."

무녀는 승냥이처럼 입가에 침을 흘렸다.

네 발로 높은 침대에 오른 그녀는 대갈 대감의 몸 위에 올라탔다. 그리고는 가슴 계곡에서 작은 약병을 꺼냈다. 그녀의 땀과 체온으로 데워진 검은 액체가 유리병 안에서 출렁였다. 무녀는 병마개를 돌려 열었다. 시큼한 부패의 악취가 넓은 침실 안으로 한순간에 퍼졌다.

"대감, 입을 크게 벌리시지요. 불로장생의 약이올시다."

한손으로 대갈 대감의 입을 벌린 그녀는 다른 손으로 약병을 가져갔다. 모든 것이 한순간에 정지한 것 같았다. 한 방울 검은 액체가 대감의 마른 목구멍에 떨어지는 소리. 꼴깍 침 넘기는 소리가 완벽한 정적을 깼다.

두세 방울이 대감의 목을 타고 흘러들어갔다. 하지만 대감은 여전히 깊은 잠에 빠져 있을 뿐이었다.

약병을 다시 가슴속에 숨긴 무녀는 네 발로 침대를 내려갔다. 이제 그녀가 할 일은 대감을 관찰하며 살아나길 기다리는 것이었다.

한참 기다렸건만 대감은 아무 변화를 보이지 않았다.

"혹시 효과없는 약이 아닐까? 양이 부족해서일까?"

큰소리쳤던 무녀는 내심 불안해졌다. 무녀의 손이 다시 가슴으로 들어갔다. 약병을 다시 꺼내려 했다.

"꺼어억."

그때 대갈 대감이 막힌 숨을 토해 냈다. 그리고는 팔다리를 부지런히 움직이기 시작했다.

"대감, 정신이 드시나요? 제 말이 들리시나요?"

무녀가 대감에게 물었다.

대갈 대감은 갑자기 두 눈을 크게 뜨고 무녀를 노려봤다. 담대한 무녀도 순간 뒷걸음칠 수밖에 없었다. 실핏줄이 선명한 공포에 찬 눈동자였다. 그 공포를 통해 죽음 너머의 세계도 들여다볼 수 있을 것 같았다.

"다들 올라와 보세요! 대감님이 살아나셨어요."

무녀의 목 쉰 소리가 3층 건물을 울렸다.

숨죽이고 기다리던 식솔과 하인들이 한 번에 계단을 뛰어올라왔다.

"아버님, 정말 살아나셨군요! 무녀님 정말 감사합니다. 아버지를 살려주셔서 감사합니다."

"대감마님, 정신을 차리셨군요!"

사람들이 질러대는 소리로 침실이 왁자지껄했다. 하지만 살아난 대감 자신은 아무 말 없이 천천히 주변을 둘러보았다. 그의 입 주변으로 검은 혈관이 미세하게 번지는 것을 발견한 사람은 아무도 없었다.

———◆◆◆———

윤덕영 대감, 불로장생의 비법으로 회생하다

죽첨동의 한 무녀가 어제 윤덕영 대감을 회생시켰다. 순정효황후의 백부, 윤덕영 대감은 간암 말기로 죽음을 기다리는 중이었다. 그런데 어제 무녀 이성녀가 불로장생의 비법을 써서 윤 대감을 회생시켰다. 흔히 있는 혹세무민의 사기 굿이 아닐까 하여 경성의대에 문의한 결과, 윤 대감을 검진한 의사들이 환자가 놀랄 만큼 회복되었다는 진단을 내렸다고 한다. 이성녀의 불로장생의 비법이 의학적으로도 검증이 되어 많은 환자들이 혜택을 받기를 바란다.

1932년 7월 28일 동아일보
구형보 기자

대갈 대감의 집에 머물며 윤덕영의 상태를 관찰하던 무녀는 신문 기사를 보며 만족한 미소를 지었다. 이 기사야말로 자신을 성공의 길로 이끄는 초대장이었다. 무녀는 대감의 침실에 자신의 침상을 두고 밤새 대감을 관찰했다. 죽음을 기다리던 대감은 무서운 속도로 회복되었다. 어제 오후에 이어 다시 왕진 온 경성의대 교수는 혀를 내둘렀다. 혈압도 정상이었고 심장박동도 청년보다 힘찼다. 황달로 부어올랐던 복부도 복수가 빠지면서 홀쭉해졌다.

"이것이야말로 의학계의 기적이라 할 수밖에요."

머리를 긁적이며 집을 나서는 의대교수를 베란다에서 내려다보며 무녀는 미소 지었다.

"이제 온 조선인들이 황금을 들고 나를 찾으리라."

그녀는 백색 발코니에서 진고개 풍경을 내려다보았다. 그녀의 예측대로 수많은 자동차들이 몰려오기 시작했다. 그녀가 윤덕영의 집에 있는 것을 어찌 알았는지 기자들과 불치병 환자 보호자들이 윤덕영 집 앞까지 몰려들었다.

"무녀님, 우리 아버지를 살려주세요!"

"무녀님, 제 아들을 먼저 살려주세요! 원하시는 것은 무엇이든 해드릴게요!"

윤 대감 집 앞은 종로통 야시장보다 북적였다.

"무녀님, 제 집은 못 떠나십니다. 아버님이 완전히 거동하시기 전까지는요."

2층 침실을 나서려는 무녀를 대갈 대감의 아들이 가로막았다.

"저를 믿으세요. 대감님은 완쾌되셨어요."

"정말이십니까?"

"만약 제가 다시 필요하시면 하인들을 시켜 전갈을 주세요. 자, 몰려드는 인파를 정돈해주시죠."

무녀는 군중들에게 불로장생의 내림굿을 신청하는 서간을 적게 했다. 환자의 증상과 완쾌 후 사례 액수, 연락처를 적고 돌려보냈다. 그들은 무녀가 신청 서간을 읽어보고 방문하기를 바랄뿐이었다.

14
죽첨동 살인 사건

"이제 진료가 끝나셨나요?"

김산은 탐정 사무소에서 민치우를 기다리고 있었다.

"오늘따라 환자들이 계속 몰려들어 정신이 없었네. 그런데 이심전심이군. 자네가 먼저 와 기다리고 있으니 말이야."

반갑게 김산과 악수를 나눈 민치우는 방 뒤편으로 걸어갔다. 어지럽게 널려진 시험 기구 중에 용케 원하는 기구를 골라내 실험을 진행했다.

"치료약 실험은 잘 되시나요?"

김산은 곧바로 등을 돌려 실험에 매달린 민치우에게 물었다.

"처음에는 실마리가 풀리는 듯했지. 그런데 동물에게 실험해보면 효과가 거의 없어. 일단 좀비가 된 동물은 어떤 약을 투여해도 죽거나 변화되지 않아."

민치우의 목소리에 짜증이 깃들었다. 민치우는 실험 장비를 가동시킨 뒤 다시 김산에게 돌아왔다.

"자네는 어떤가? 죽첨동 사건은 잘 진행되고 있나? 기무라 서장이 미궁에 빠져 계속 도움을 청하더군."

민치우는 김산을 물끄러미 내려다봤다.

"민치우 선생님, 제 기사를 보셨지요?"

김산은 민치우에게 되물었다.

"암, 구형보라는 이름으로 쓴 자네 기사는 빠짐없이 본다네. 지적인 욕구를 충족시켜줄 뿐 아니라 일상의 권태에서 벗어나게 해주는 흥미로운 기사니까."

"감사합니다. 제가 수사한 내용은 그간 발표된 두 번의 기사에 들어있습니다. 기무라 순사가 주먹구구로 수사해서 무고한 이성녀를 체포한 일. 이성녀가 불로장생의 굿판을 벌여 대갈 대감을 살린 일들입니다."

김산은 탐정 사무실에 진열된 두개골을 바라봤다.

"그렇다면 수사가 본격적으로 진행되지는 않았군. 지금부터의 수사는 두 갈래로 진행되어야 하네."

민치우는 끓어오르는 시험관을 향해 걸어갔다.

"죽첨동 살인 사건과 이성녀의 굿판 말입니까?"

김산이 주저하지 않고 대답했다.

"맞네. 죽첨동 살인 사건은 모방 범죄의 냄새가 나. 자네가 좀 더 조사하면 해결할 수 있을 걸세."

민치우는 시험관을 가열하는 알콜 램프를 끄고 김산을 향해 돌아섰다.

"그럼 이성녀는 누가 추적합니까?"

김산이 물었다.

"자네의 기사를 통해 이성녀라는 무녀가 불로장생의 굿을 한다는 것을 알았네. 그것이 사실이라면 그 무녀를 조사해봐야겠어. 그 일을 맡을 사람이 도착할 걸세."

민치우가 말을 마치기가 무섭게 한 여자가 들어섰다. 목에 여우 목도리를 두른 금마차 마담이었다.

"마담, 오늘은 지하실에서 특별한 경험을 하게 해주리라."

민치우는 금마차 마담의 팔을 끼고 지하실 계단을 걸어 내려갔다.

"자네가 죽첨동 사건을 해결할 때까지 나는 멀찍이 떨어져 있겠네. 흥미로운 화학 실험이나 진행하면서 말이야."

민치우의 목소리가 지하실에서 울려 퍼졌다.

민치우 탐정 사무소에서 나온 김산은 수첩과 스틱을 들고 죽첨동 삼정목을 거닐었다. 이따금씩 걸음을 멈춰선 그는 수첩에 무언가를 그리곤 했다. 전차를 따라 뛰어보며 주머니에서 회중시계를 꺼내 시간을 적기도 했다.

그의 수첩에는 어린아이 머리가 그려졌다. 전차 그림과 핏자국이 점선으로 그려졌다. 현장에서 발견된 피 묻은 발자국과 별 모양의 지팡이 자국도 그림으로 그려졌다. 현장에서 발견된 씹다 뱉은 입담배도 기록되었다. 김산은 점선으로 그려진 거리를 십여 번 왕복하며 평균 시간을 기록했다. 길 건너 전차역에 정차하는 전차들의 시간 간격도 기록했다. 그는 아침부터 밤늦게까지 삼정목을 떠돌았다.

아침에 출근하는 직장인들과 등교하는 학생들로 전차 안은 북새통이었다. 김산은 일부러 맥고모자를 깊이 눌러썼다. 아침마다 죽첨동을 지나 출근하는 여자 눈에 뜨일까봐서였다. 그녀는 마포의 한 보통학교 여선생이었다. 몇 달 전 어머니의 주선으로 선을 본 여자였다. 미녀는 아니었으나 나름 이목구비의 선이 단정했다. 다소곳하고 김산에게 호감을 표시한 여자였다.

"당장 직장이 없어도 좋아요. 성실하시니 조만간 자리가 생기겠지요."

여자는 김산과 교제할 의사를 확실히 밝혔다. 정말 경성의 모던걸다운 다부진 여자였다. 하지만 김산은 그녀에게 두 번 다시 연락하지 않았다. 이유는 본인도 알 수 없었다. 어머니에게는 자세한 이야기를 하지 않았다. 단지 만나지 않는다는 말밖에는. 전차에서 우연히 마주쳐도 몸을 비켜 모르는 척했다. 언제까지 이런 관계가 계속될지 아무도.

모른다. 전차를 타고 경성을 누비다 언뜻언뜻 그녀와 마주치건만 그녀도 김산을 몰라보는지 아니면 김산의 불편한 심기를 아는지 모른 척했다.

늦은 오전과 이른 오후에도 조금의 여유만 있을 뿐 전차 안은 여전히 만원이었다. 경성으로 몰려드는 인구에 비해 교통 시설이 턱없이 부족했다. 저녁 시간에는 퇴근과 하교하는 사람들로 더욱 붐볐고 여급들마저 진한 분 냄새를 풍기며 올라탔다. 김산은 죽첨동 삼정목에서 하루 종일 서 있다가 간간이 전차에 올라타기도 했다. 한두 정거장 타고 가던 김산은 전차에서 내려 삼정목으로 다시 걸어오곤 했다.

이틀째 날에도 김산은 삼정목에 나타났다. 하지만 점심때가 되자 그의 모습이 죽첨동에서 보이지 않았다. 그는 마포 일대를 돌아다녔다. 쌀가게를 돌며 아이 머리를 쌌던 봉투를 찾아다녔다. 삼십여 개의 쌀집을 돌았을 때였다. 김산은 현장에서 발견되었던 쌀 봉투와 같은 그림이 그려진 봉투를 한 쌀집에서 발견할 수 있었다. '금정 가루집'이라는 이름이 붙은 쌀집이었는데 쌀과 함께 밀가루도 함께 파는 곡물 가게였다. 머리에 수건을 두른 중년 아낙 하나가 종이봉투에 쌀을 담고 있었다. 근처 토막집 남자에게 파는 쌀이었다.

김산은 쌀가게 주위를 배회했다. 초가지붕을 한 가루집 양옆으로 기름집과 푸주간이 있었다. 서민들이 자주 드나드는 허름한 상점 골목이었다. 김산은 스틱을 겨드랑이에 끼고 자유로워진 두 손으로 수첩에 그림을 그렸다. 가루집에서 전차 정류장까지의 거리를 발걸음 수로 표시했다. 하지만 서너 번 쌀집 앞을 지나치려니 쌀집 아낙의 눈초리가 따가웠다. 다행히 쌀집 맞은편에 찻집이 하나 있었다.

경성 다방에 들어서니 축음기에서 윤심덕의 노랫소리가 흘러나왔다. 담배 연기 자욱한 다방 안에 수십 명의 모던보이와 모던걸들이 마주앉아 서양차를 마시고 있었다. 여급과 어울려 차를 마시는 중년 남자와 시골 할아버지들도 진풍경이었다. 김산은 차 한 잔을 시켜 놓고 가루집이 마주 보이는 테이블에 주저앉았다. 하루 종일 고단하였던 발이 구두에서 나오니 땀 냄새가 자극적이었다. 김산은 얼른 구두 안에 발을 숨겼다.

한 잔 커피가 식을 때까지 김산은 창밖만 바라보았다. 여급이 김산 앞에 다가와 안색을 살폈다.

"기다리는 사람이 있으세요? 아니면 제가 상대해드릴까요?"

얼굴이 동그랗고 귀여운 여성이었다. 송곳 같은 구두 굽 때문인지 안쓰러울 정도로 엉덩이를 흔들며 걸었다. 굽은 무릎이 드러나는 짧은 스커트가 인상적이었다.

"괜찮아요. 글 쓰는 중이라서요."

김산은 수첩과 만년필을 들어올렸다.

어린 여급의 얼굴이 발그레해졌다. 작가를 동경하는 것이 어린 소녀들의 낭만적 취향이었다. 여급이 두 손을 가슴에 모으고 사라진 뒤에도 김산은 쌀가게를 계속 바라보았다. 김산은 그렇게 아홉 점까지 그 자리에 앉아 있었다. 가루집이 문을 닫고야 자리에서 일어섰다.

"창작의 고통은 대단한 거야. 글을 짓기 위해 하루 종일 창밖만 바라보지 않아?"

여급들이 김산의 뒷모습을 보며 말했다.

다음날도 그 다음날도 김산은 경성 다방에 출근했다. 창가의 같은 자리에 앉아 하루 종일 가루집을 바라보았다. 그러던 셋째 날 오후 김산의 시선이 한 남자에게 집중되었다. 두건을 쓰고 한복을 입은 노인이었다. 노인은 쌀 봉투를 안고 초가집 골목으로 걸어 들어갔다. 그를 바라보던 김산은 급히 다방을 뛰쳐나갔다. 그는 봉투 쌀을 든 사람을 따라 초가집 골목으로 들어갔다. 노인은 초가집들을 지나 커다란 기와집 문을 두드렸다. 잠시 후 대문을 조금 열고 누군가가 밖을 내다보았다. 곧 대문이 열리고 노인이 기와집 안으로 들어갔다.

"전용해."

김산은 기와집 대문에 붙은 팻말을 읽었다.

15
무녀를 납치하라

경성 갑부 최형만의 집에서 불로장생 굿판이 벌어졌다. 동자 신께 바치는 제사상은 산해진미로 상다리가 휘청거렸다. 여든두 살 나이에 폐병을 앓던 최형만은 임종을 앞두고 거친 호흡을 내뱉었다. 그런 최형만의 집 마당에서 무녀가 굿을 하고 있었다. 동네사람들뿐 아니라 신문사 기자들까지 와서 죽은 자를 살린다는 불로장생 굿을 구경했다.

"동자 신이시여, 이 집 대주를 살려주소서. 저승사자를 물리치고 청춘을 얻게 하소서."

무녀가 방울을 울리며 기원했다.

곧 기둥서방이 흥겹게 징을 두드렸다. 무녀는 마당에 준비된 작두 위에 올라가 신명나게 춤을 추었다. 오싹한 작두춤을 보며 동네 사람들이 기겁하였다.

"자, 동자님이 직접 대주를 살려주신다네. 내 침소에 들어가 대주를 만나겠네."

무녀는 방울을 마루에 놓고 최형만의 침소로 들어갔다.

수십 칸 한옥의 안채에서 저승꽃이 만발한 최형만은 간신히 숨을 이어갔다. 이따금 건너뛴 숨을 보충하기 위해 고개를 젖히고 쇳소리를 내기도 했다.

"대감, 동자님의 선물을 받으시오."

무녀는 가슴골에서 약병을 꺼내 마개를 열었다. 최 노인의 입에 약병을 기울이니 검은 액체가 방울져 떨어졌다. 힘겨운 소리를 내며 약이 목을 타고 내려갔다.

"흐억."

어마어마한 힘이 최 노인의 내부에서 치솟았다. 그 힘이 가슴을 밀어 올리자 기도로 공기가 흡입되었다. 노인의 검은 얼굴에 화사한 봄빛이 물들었다. 노인의 거칠었던 호흡이 봄바람처럼 잔잔해졌다. 노인의 감겼던 두 눈이 크게 떠졌다.

"영감님, 정신이 드시나요?"

무녀가 노인의 얼굴을 들여다보며 물었다.

노인은 텅 빈 눈동자로 천장을 올려다보았다. 그의 입가로 미세한 검은 혈관이 퍼져 나갔다.

"들어오세요. 대주님이 완쾌되셨습니다."

무녀가 소리쳤다.

문밖에서 기다리던 가족들이 우르르 몰려들어왔다.

"아버님, 저희를 알아보시겠습니까?"

"아버님께서 정말 살아나셨네."

가족들은 눈물을 흘리며 기뻐했다.

"자, 약조했던 집문서입니다."

무녀는 기와집 한 채의 문서를 받아들고 자리에서 일어섰다.

"밀렸던 효도 많이 하십시오."

무녀는 나름 의미 있다고 생각되는 말을 남기고 침소를 나섰다. 마당에서는 많은 구경꾼들이 박수를 쳤다.

"이성녀 무녀님 만세! 최 영감님 만세!"

무녀 이성녀는 기쁨의 눈물을 주체할 수 없었다. 평생 무시만 당하던 자신이 만인의 찬사를 받으리라곤 상상도 하지 못했다. 어렵게 군중을 헤치고 최 노인의 집 밖으로 나섰다.

"무녀님, 종로 경찰서로 잠시 가셔야겠습니다. 자동차가 준비되었으니 신속히 준비하시지요."

제복을 입은 조선인 순사가 자동차 앞에 서 있었다. 무녀는 순사를 보고 순간 가슴이 내려앉았다. 하지만 이내 마음을 다잡았다.

"이제 나는 불로장생의 무녀 이성녀야. 아무것도 겁낼 게 없어."

운전석에서는 안경 쓴 운전병이 핸들을 잡고 있었다.

"뒷좌석에 타시죠."

공손하게 순사가 차문을 열어주기까지 했다.

"분명 좋은 일로 나를 찾는 게야."

무녀는 치맛단을 호기 있게 끌어올리며 차에 올랐다. 순사가 무녀의 옆 좌석에 타자 검은 세단이 부드럽게 움직였다. 자동차는 종로통을 향해 가다가 갑자기 유턴을 해서 남서쪽으로 달렸다.

"종로 경찰서로 간다고 하지 않았나요?"

무녀의 목소리에 불안감이 실렸다.

"네 이년, 꼼짝하지 마라."

순사가 육혈포를 꺼내 무녀의 옆구리를 찔렀다. 차가운 살기가 온몸에 퍼졌다. 순식간에 무녀의 양팔이 오랏줄에 꽁꽁 묶였다. 입에는 재갈이 물리고 눈도 가려졌다. 어둠 속에서 자동차의 움직임이 더욱 크게 느껴졌다. 시간이 얼마나 지났을까? 자동차가 정차한 뒤 차문이 열리는 소리가 났다. 무녀는 옆에 앉았던 순사에 의해 거칠게 끌려 나갔다. 나무 대문이 열리는 소리가 나자 무녀는 문턱에 걸리지 않도록 주춤거리며 눈먼 걸음을 걸었다. 문턱을 넘은 뒤 열댓 걸음을 걷자 무녀를 이끌던 걸음이 멈추었다. 그녀를 둘러싼 수많은 눈초리가 어둠 속에서도 느껴졌다. 심한 땀 냄새에 섞인 남정네들과 노인 냄새가 후각을 자극했다.

"무릎을 꿇어라."

우악스런 손이 무녀를 내리눌렀다. 무녀는 두 다리가 엇갈리며 자리에 주저앉았다. 누군가가 안대와 재갈을 벗겨주었다. 무녀는 눈살을 찌푸리며 밝은 빛에 적응하려 눈꺼풀을 퍼덕였다.

"네가 이성녀냐?"

높은 마루 위에서 위엄 있는 목소리가 들려왔다. 흰 옷을 입은 한 중년 남자 옆으로 선녀 옷을 입은 십여 명의 여자들이 부채질을 하고 있었다. 마당에는 수십 명의 군중이 가득했다.

"네 이년, 고개를 숙이고 대답하지 못할까?"

옆에 선 남자 하나가 야단쳤다. 무녀는 무릎을 꿇고 고개를 숙일 수밖에 없었다.

"소녀가 이성녀입니다."

"네 죄를 알렸다?"

대청마루에서 호령이 울렸다.

"쇤네는 죽어가는 사람들을 고쳐준 죄밖에 없습니다."

"네가 불로장생의 굿판을 벌인다고 들었다. 그것이 정말이냐?"

"네, 동자 신께 맹세코 그것은 진실입니다."

"네년 말에 거짓이 있을 시 즉시 목이 잘릴 것이다. 네 말이 진실이라면 이곳에서 굿판을 벌여보거라."

높은 의자에 앉은 남자가 고개를 끄덕이자 마당 한편에서 두 사람이 거적때기를 들고 왔다. 거적에 싸인 물체가 쿵 소리를 내며 무녀 앞에 던져졌다. 거적이 풀리자 사람의 몸이 나타났다. 악취가 풍기는 걸

인의 몸이었다. 역병에 걸렸는지 얼굴은 흙빛이었고 의식이 없는 상
태였다.

"이놈은 청계천에서 주워온 반송장이다. 이놈을 살려 내거라. 조금
이라도 허튼짓을 하면 홍두깨가 가만 있지 않을 것이다."

남자가 다시 고개를 끄덕이자 무녀의 어깻죽지로 홍두깨가 내리쳤다.

"어이쿠, 쇤네가 어찌 허튼짓을 하겠습니까?"

마당에 넘어지며 무녀가 소리를 질렀다. 무녀는 다시 홍두깨에 맞을
까 뒤를 돌아다보며 걸인에게 네 발로 기어갔다. 입술은 피딱지가 말
라붙었고 눈동자도 위로 말려 올라갔다. 숨이 너무 약해서 이미 죽었
는지 착각할 정도였다. 다만 목 위로 약하게 진동하는 혈관의 움직임
만이 걸인이 살아 있음을 알려주었다.

"얼른 서두르지 못할까?"

다시 불호령이 떨어졌다. 홍두깨 비가 다시 그녀의 어깨에 쏟아졌다.

"아이고 나 죽네. 바로 시작합지요."

이성녀는 부끄러움도 잊고 자신의 젖가슴에 손을 밀어 넣었다. 작
은 약병의 온기가 느껴졌다. 그녀는 약병을 꺼내 걸인의 입으로 가져
갔다.

"네 년이 그런 속임수를 쓸 줄 알았다. 저 약을 빼앗아오너라!"

마루 위 남자가 소리쳤다.

무녀 바로 옆에 섰던 남자가 무녀의 손에서 약병을 빼앗았다. 약병
은 곧 마루 위 남자에게 전달되었다. 남자는 햇살에 약병을 비춰보았

다. 형광빛을 발하는 검은 액체가 출렁였다. 남자는 약병을 들고 마루에서 마당으로 내려왔다.

"자 내가 이 약을 사용해보겠다."

남자는 약병의 마개를 제거한 뒤 걸인의 입안에 검은 액체를 떨어뜨렸다. 절반이 넘는 액체가 걸인의 입안에 흘러들었다.

"꾸에엑."

반응은 즉각적이었다. 숨이 멈춰 가던 걸인이 눈을 동그랗게 뜨고 몸을 일으켰다. 입가로는 검은 혈관들이 지렁이처럼 돋아났다. 약의 용량이 많아서인지 걸인의 회복 속도는 믿어지지 않을 정도로 빨랐다.

"정말 불로장생의 약이구나. 그런데 다른 약은 어디에 있느냐? 설마이것이 다는 아니겠지?"

남자는 충혈된 흰자위를 굴리며 무녀에게 얼굴을 들이댔다.

"그것이 전부 다입니다."

무녀는 공포에 질린 표정으로 말했다.

"……."

잠시 실망한 표정이 남자의 얼굴에 깃들었다.

"이 약병은 어디서 났느냐?"

남자의 질문에 무녀가 잠시 주저하는 표정을 지었다. 그러자 홍두깨를 든 남자가 다가왔다.

"잠깐만요. 바로 말씀드리죠."

무녀는 홍두깨 남자를 향해 손을 저으며 말했다.

"불로장생의 약은 사실은······."

"사실은 무엇이란 말이냐?"

"사실 그 약은 괴물의 피올시다."

무녀는 소곤대듯 말했다. 천기누설의 순간이었다.

"괴물이라면 혹시 청계천에서 사로잡힌······."

남자가 동북쪽을 향해 눈을 돌리며 말했다.

"맞습니다, 나리. 지금은 종로 경찰서 유치장에 묶여 있습죠."

무녀는 자비를 구하는 눈빛으로 남자를 올려다보았다.

잠시 말없이 고개를 끄덕이던 남자가 부하에게 무엇인가를 지시했다. 지시를 받은 상고머리 남자가 무녀와 걸인을 광에다 가두었다.

죽은 자를 살리는 약을 손에 넣자 교주는 세상을 얻은 듯싶었다. 눈앞에서 반송장이 벌떡 일어섰다. 성경에서나 있는 일이 자신의 눈앞에서 일어났다는 것을 믿기 힘들었다.

"때 맞춰 굴러온 복이야."

교주는 작게 중얼거렸다.

백백교에 가장 큰 위기가 닥치고 있었다.

전재산과 여자들을 교주에게 뺏긴 남신도들이 반기를 들기 시작했다. 양주의 집단 농장에서는 임학수라는 자가 여러 가정을 선동하여 백백교를 없애고 여자들을 되찾으려 했다. 어젯밤 양주의 한 폐광에서 불순한 무리 이백여 명을 참살하여 파묻지 않았던가?

"교주님, 신도들에게 이적을 보여줘야 할 것 같습니다. 그러지 않으면 계속해서 저항이 있을 겁니다."

시신을 파묻으며 총무가 한 말이었다.

"이적이 필요하다. 모든 사람들이 나를 신뢰하게 만들 이적이."

교주가 필요로 하던 이적의 약병이 그 손아귀에 있었다.

"나의 양들을 모두 모으라."

교주는 총무에게 명령했다.

그날 저녁 백백교 교주의 저택에 수많은 신자들이 모였다. 신자들은 모두 남자들이었다. 그들만 열광적인 신자로 만들면 된다. 아녀자들과 아이들은 그들의 말을 따를 것이다. 교주 전용해는 늠름한 체격으로 머리통이 보통 사람보다 곱절이나 컸다. 머리에 맞는 모자가 없어 모자를 쓰지 않았다. 굵고 가는 음성 묘사를 자유자재로 하여 사람을 홀리기에 십상이었다.

"백백백의의의적적적."

무병장수하고 종말의 날이 닥치면 서양은 불로, 동양은 물로 심판받아 인류가 멸망할 때 살아날 수 있다는 주문을 외웠다.

"나는 여러분에게 천국을 약속했다. 동해 천 리 밖에 둘레 삼천 리의 영주 땅이 솟아오를 것이다. 그 낙원에는 봉황과 기린이 놀고 불로초가 자란다. 불로장수하고 싶은 자들을 그 영주 땅으로 인도하여 벼슬과 부귀영화를 누리게 할 것이다."

교주가 달콤한 목소리로 속삭였다. 하지만 신도들이 반복되는 약속

만으로 이겨 내기엔 고통의 날이 너무 길었다.

"교주님. 증거를 보여주십시오. 우리는 집도 재산도 딸도 다 바쳤습니다. 십 년째 힘든 노동만 하고 있지 않습니까?"

가장 나이 많은 신자 하나가 말했다. 쇠약한 목소리였지만 분명한 메시지를 담고 있었다.

"믿음이 부족한 자여. 원한다면 그 증거를 보여주겠다."

교주는 뒤돌아서서 약병에 든 검은 액체를 들이켰다.

"자 구덩이를 파고 나를 파묻어라. 세 점이 지난 뒤 다시 파보면 죽음에서 부활한 나를 발견하리라."

교주의 입가에서 검은 혈관이 돋아났다. 약병을 비우고 돌아선 교주는 좌우로 머리를 흔들어 댔다. 거대한 혜성 같은 머리에서 단발 머리카락이 마구 흐트러졌다. 무언가 거대한 힘이 그의 장기에서 치솟아 오르는 듯 툇마루 위에서 펄쩍펄쩍 뛰었다. 그의 눈동자는 불타는 듯 충혈되었고 입 주변에서는 검붉은 혈관이 마구 솟아났다.

"나를 구덩이에 파묻어라!"

흰 옷을 입은 교주가 날카롭게 소리쳤다.

마당에는 한 길 깊이, 한 길 너비의 구덩이가 파였다. 구덩이 언저리에 쌓인 젖은 황토 흙이 구덩이가 방금 전 만들어졌음을 알려주었다. 흙더미 옆에서 삽을 든 세 명의 남자들이 얼떨떨한 표정을 지었다. 자신을 구덩이에 생매장하라는 교주의 말을 믿을 수 없었다.

"다시 한 번 하명하소서. 교주님을 파묻으란 말씀입니까?"

상투를 튼 장정 하나가 고개를 숙이며 물었다.

"나는 생명이고 부활이니 땅을 뚫고 부활할 것이다."

교주는 거친 호흡을 내뱉으며 말했다.

"어찌 감히 교주님을 땅에 묻을 수 있겠습니까?"

장정들이 울부짖었다.

"믿음이 부족한 것들아. 나는 하늘이고 땅이다. 나의 부활을 의심하느냐?"

교주는 성을 내며 구덩이 안으로 뛰어내렸다. 그 안에 안방처럼 편안하게 드러누웠다.

"내 위에 흙을 덮어라. 그러면 세 점이 지난 후 내가 부활하리라."

놀란 장정들이 횃불을 들어 구덩이 안을 비춰보았다. 충혈된 눈동자가 어둠 속에서 괴이하게 빛났다. 그것은 사람의 눈이 아니었다. 지옥에서 풀려난 사냥개의 불타는 눈이었다.

"네. 알겠습니다. 교주님. 부활을 믿습니다."

신자들이 떨리는 손으로 조금씩 흙을 뿌렸다.

"그러다가 날 새겠다. 빨리빨리 하지 못할까?"

구덩이 안에서 버럭 성내는 소리가 났다.

교주의 성화에 소금 뿌리듯 떨어지던 흙이 덩어리져 쏟아졌다. 전용해의 윤곽이 흙 속에 사라진 순간 부드러운 흙 담요를 뚫고 한쪽 손이 불쑥 나타났다. 하지만 잠시 격하게 꿈틀대던 손은 축 처져 흙 속에 파묻혔다.

"교주님! 교주님!"

둘러선 신자들이 안타까운 듯 교주를 찾았다. 그때였다. 교주를 덮은 흙이 한 번 꿈틀댔다.

"교주님께서 들으셨다. 우리 목소리를 들으셨어."

군중은 다시 환호했다. 하지만 그뿐이었다. 그 후 더 이상의 움직임은 없었다.

"교주님! 교주님!"

"부활하실 것을 믿습니다. 교주님!"

한 쪽에선 슬피 곡을 하는 신도들, 한 쪽에서는 기쁨의 찬양을 하는 신도들로 마당이 요란했다. 하지만 교주의 명령은 이행되어야 했다. 다시 찔끔찔끔 시작된 삽질이 한동안 계속되었다. 작업이 끝나자 전용해가 파묻힌 구덩이 위로 낮은 봉분이 형성되었다.

그렇게 세 점은 순식간에 지났다. 그러는 새에 어둑하던 저녁이 한 점 빈틈없는 어둠으로 교체되었다. 밤바람에 일렁이는 횃불이 군중들의 얼굴을 괴기스럽게 비추었다.

"세 점이 지났다."

불빛에 손목시계를 비추어보던 단발머리 장정 하나가 소리쳤다.

"교주님께서는 부활하실 거야!"

"어서 구덩이를 파게."

여기저기서 횃불을 든 사람들이 소리쳤다.

세 명의 장정들이 삽을 들고 마구 구덩이를 파헤쳤다. 마치 한순간이라도 늦으면 부활한 교주가 다시 생명을 잃을 것처럼 필사적이었다. 어설프게 쌓였던 흙은 수이 파내졌다. 잠시 동안 구덩이 흙이 절반 정도 제거되었다.

"피! 피!"

"멈춰라. 피가 난다!"

구덩이 안에서 삽질하던 장정을 향해 누군가 소리쳤다.

삽질을 멈춘 장정이 발밑을 바라보았다. 검은 액체가 방금 전 삽질한 곳에서 흘러나왔다. 교주의 신체 일부를 삽으로 찍은 것이 분명했다.

"에라, 이런 썩을 놈!"

"불경한 놈!"

구덩이를 둘러싸고 남자를 욕하는 소리가 들려왔다.

"너희들은 물러서라. 내가 교주님을 모시겠다."

총무가 장정들을 밀치고 구덩이에 뛰어들었다. 그는 구덩이에 엎드려 핏자국이 나는 곳을 두 손으로 파헤쳤다. 부드러운 흙이 제거되자 팔 하나가 꿈틀대며 쑥 올라왔다. 삽날에 찍힌 손등에서 검은 피가 흘렀다.

"교주님이시다. 부활하셨다."

구덩이 주위를 둘러싼 신도들이 어깨동무를 하고 맴돌았다. 그들 중 입에 거품을 물고 간질 발작하는 자, 방언을 터트리는 자들이 속출했다. 집단 최면이 시작되었다.

"교주님께 숨겨 두었던 딸년을 바치겠나이다."

"용서하소서! 교주님, 숨겨 두었던 전답을 당장 바치겠습니다."

"저도 밭에 묻어 둔 황금을 드리겠습니다."

그들 중 양심에 거리끼는 자들이 두 손을 들고 구덩이를 향해 참회했다.

간증과 믿음의 물결이 흘러넘쳤다. 구덩이에서 꿈틀거리는 또 하나의 팔이 솟아난 건 바로 그 순간이었다. 두 팔을 휘저으며 흙을 밀쳐냈다. 팔목과 어깨를 따라 교주의 머리가 솟아올랐다. 진흙이 발라진 산발 머리 밑으로 눈두덩이 꿈틀거리며 황토덩이를 떨어냈다. 그리고는 공포의 두 눈이 번쩍 뜨였다. 지옥의 불길이 타오르는 듯 충혈된 눈이었다. 잠시 후 거칠게 꿈틀대던 전용해의 몸통이 구덩이에서 올라왔다.

"배고프다."

부활한 교주의 첫마디였다.

16
백백교의 비밀

　청계천 토막집에서는 어머니가 노심초사 김산을 기다렸다. 호롱불 아래서 삯바느질을 하던 어머니는 좌불안석이었다. 요즘 들어 아들이 늦는 날이 부쩍 늘었다. 특별한 직장이나 하는 일 없는 아들, 김산이 수첩과 스틱을 들고 시내를 배회하는 것이 불안했다. 앞집 영석이처럼 룸펜으로 박혀 있는 것이 더 속 터지는 일이다 생각할 때도 있었다. 하지만 지금처럼 시국이 불안정할 때 밤늦게 쏘다니는 아들이 적이 불안하지 않을 수 없었다. 잘 다니던 경성의대를 중퇴하고 시를 쓰네, 소설을 쓰네 하고 수첩을 끼고 나도는 것을 볼 때 억장이 무너졌다.

"네 돌아가신 아버지처럼 아픈 병자를 위해 의사가 되겠다는 뜻을 버리려는 거냐?"

아들의 중퇴를 막으려 진지하게 이야기했던 적이 있었다.

"어머니, 지금 일본은 전 세계를 상대로 전쟁을 벌이고 있습니다. 젊은 의사들은 학교를 졸업하자마자 전쟁터로 끌려갑니다. 저는 침략군을 치료하는 의사가 되기 싫습니다."

시대를 탓할 뿐 아들의 생각을 탓할 수는 없었다. 그냥저냥 1년만 더 학교를 다니라는 말이 목구멍에 걸렸다.

그런 아들이 '어머니' 하고 토막집을 들어설 때마다 어머니는 눈시울이 뜨거워졌다. 아들아! 시대와 나라를 잘못 만나 네 뜻을 펴지 못하는구나! 그 한마디도 하지 못하고 늦게 들어서는 아들의 등을 토닥이기만 했다.

하지만 오늘은 늦어도 너무 늦는다. 어머니는 창밖을 내다보다가 아예 토막집 밖에 나섰다. 천변을 걷는 사람들을 바라보자니 천변 너머 이발소 남자아이가 가게 청소를 하고 문을 닫고 있었다. 하루 종일 창 너머로 천변을 바라본다고 해서 해바라기란 별명이 붙은 아이였다.

"오늘도 아드님이 늦으시나 보죠?"

문을 닫고 가게를 나서며 남자 아이가 오지랖 넓은 참견을 했다.

"글쎄다. 곧 오것지."

어머니의 대답 끝자락에 깊은 한숨이 딸려 나왔다. 아이는 고개를 꾸벅한 뒤 자전거를 타고 천변을 달려갔다. 어둠에 잠긴 천변에서는 물 흐르는 소리만 심란했다. 청계천 건너 황금정에서는 요란한 음악 소리와 간드러지는 웃음소리가 들려왔다.

"어머니, 왜 나와 계세요?"

커다란 그림자가 성큼 나타났다. 기다리던 아들, 김산이었다.

"왜 이리 늦게 오니? 괴물이다, 전쟁이다 세상이 어수선한데."

"어머니도 참, 다 큰 아들이 무슨 걱정이유?"

어머니를 안심시키며 김산은 어머니와 함께 토막집에 들어섰다. 어머니가 차려준 밥상에 마주해서 늦은 저녁을 드는 둥 마는 둥 마쳤다.

'죽첨동 살인자는 쉽게 상대할 자가 아니야. 특히 어머니를 생각하면 맞서서는 안 돼.'

김산은 죽첨동 갓난아이 살인 사건을 머릿속으로 추리하며 어머니의 안위를 걱정했다. 그가 상대할 자는 악명 높은 사이비 교주 전용해였다.

김산은 며칠간의 잠복과 추리를 바탕으로 범죄의 과정을 재구성해 보았다. 먼저 핏자국이 살인 현장에서 전차역 근처까지 이어졌다는 점이 추리의 시작점이었다. 김산은 시체 부검 결과에 주목했다. 시체가 발견된 시간으로부터 6시간 안에 아이가 살인되었다는 부검 결과가 경성의대에서 나왔다. 시체가 쓰레기 더미에서 처음 발견된 시간은 오후 한 점, 그로부터 6시간 전은 대략 아침 일곱 점이다. 그 시간은 전차 운행이 시작되는 시각이다. 김산은 핏자국이 끊겨진 전차역 앞에서 지나가는 전차들의 승강구를 살폈다. 사람들이 타고 오르는 승강문에 혹시나 검붉은 핏자국이 떨어져 있지 않나 유심히 살폈다. 하루 종일 오가는 전차를 바라보던 김산은 마침내 핏자국이 있는 전차를 발견할 수 있었다. 서대문에서 청량리를 왕복하는 전차였다. 그 전차를 타고 김산은 마포 일대를 돌았다. 물론 핏자국의 흔적을 찾아서였다. 다행이 마른 날씨가 계속되어 희미하나마 핏자국들은 지워지지 않았다. 마포의 한 정차장에서 핏자국을 발견하고 내린 김산은 일대의 가루집을 모두 조사했다. 쌀을 담는 봉투 중 살인 현장에서 발견된 봉투와 유사한 것을 찾을 수 있었다. 그 가루집이 마주보이는 찻집에 앉아 수상한 사람이 쌀을 사 가는 것을 관찰했다. 용의자는 시력이 나쁜 노인이었다. 정신이 맑고 시력이 좋은 사람이라면 마포에서 죽첨동까지 15분 거리를 선명하게 핏자국을 남기며 오지는 않았을 것이다. 하지만 김산에게는 용의자가 부주의로 남긴 선명한 핏자국들이 믿기지 않는 행운이었다.

용의자는 봉투 쌀을 사먹는 생활 형편이 어려운 사람이므로 행색이 남루한 사람일 것이라는 생각도 들었다.

사흘째 가루집 앞 다방에서 잠복하던 김산은 용의자를 발견할 수 있었다. 용의자는 지팡이를 짚은 노인이었다. 행색이 남루했으며 시력이 나쁜 듯 지팡이로 더듬더듬 길을 걸었다. 용의자는 봉투 쌀을 산 뒤 골목길로 들어서 한 기와집으로 들어갔다. 그 집은 악명 높은 백백교의 교주 전용해의 저택이었다. 사이비 종교의 교주로서 온갖 악행을 하던 전용해라면 약으로 쓰기 위해 갓난아이의 뇌를 취할 수도 있을 것이다.

문제는 그와 맞섰던 사람들은 항상 보복을 당했다는 사실이었다. 그를 기사화한 기자들이나 제보자들에는 후환이 따랐다. 백백교의 악행을 고발한 기자의 가족이 정체불명의 강도들에게 살해당한 일은 시작에 불과했다. 백백교의 조사를 담당했던 순사도 행방불명되었다. 백백교는 그 누구도 건드리고 싶어 하지 않는 조직이었다.

"하지만, 억울하게 죽은 어린 영혼을 달래줘야 해."

김산은 책상에 앉아 고민에 빠졌다. 가족의 안위를 생각하면 정의를 실현하지 못할 것이라는 생각이 그를 계속 괴롭혔다.

민치우와 함께 진행된 좀비 바이러스 실험 결과도 충격적이었다. 한 번 좀비 바이러스에 감염된 개체는 주변 사람들에게 빠른 속도로 바이러스를 옮길 수 있다는 결론을 얻었기 때문이었다. 바이러스 확산 여부는 종로 경찰서가 괴물을 얼마나 잘 격리하고 관리할지 여부에 달려 있다. 하지만 기무라 서장이 자신의 역할을 잘 해낼 것인가?

김산은 내일 전용해의 저택을 방문하리라 생각하고 잠을 청했다.

17
송서원 파티

　대갈 대감, 윤덕영 자작의 저택에서 성대한 파티가 열렸다. 조선 최초의 불가사리 굿판이 벌어졌던 조선 최대의 저택, 송서원에 수많은 사람들이 들끓었다. 베르사유 궁전을 본뜬 화려한 3층 주택이 꽃으로 장식되었다. 베란다 난간은 노란 리본과 천으로 뒤덮였고 출입문 앞에는 붉은 카펫이 깔렸다.
　초록은 동색이었다. 1층 연회실 파티장에 나타난 사람들은 대갈 대감과 함께 나라를 팔아먹은 친일파들이었다. 저녁 시간이 가까워지자 번쩍이는 자동차들이 속속 도착해서 친일파들을 쏟아냈다. 자동차에서 내린 중추원 대신들과 왕실 대신들이 번쩍이는 훈장들을 가슴에 달고 카펫을 밟았다.

"대갈 대감 회춘하셨군요! 안색이 아주 좋아요."

대신들이 연회장에 들어서며 대갈 대감을 향해 덕담했다.

대갈 대감은 커다란 이태리제 테이블 앞에 앉아 방문객들을 물끄러미 바라보았다. 돌출된 이마 아래로 쑥 들어간 두 눈은 공허했다. 하지만 지나치는 사람들의 얼굴이 하나씩 비춰질 때마다 눈동자가 거칠게 빛났다.

"건강은 회복하셨지만 아직 말씀을 못하십니다."

대갈 대감 아들이 손님들을 향해 양해를 구했다. 그도 그럴 것이 대갈 대감은 돌잔치 아이처럼 고개만 끄덕이고 있었다.

"말씀은 차츰 회복하실 겁니다. 대감께서 건강을 회복한 것만 해도 얼마나 다행입니까?"

중추원 대신이 한 손을 펴서 내저으며 말했다.

"황 대감 납시오."

"민 대감 도착하셨습니다."

"최 대감 납시오."

드디어 초대받은 대신들이 모두 도착했다. 대갈 대감의 부활 파티는 수많은 호사가들로 꼬여서 북새통이었다.

손님들은 한 명씩 대갈 대감을 알현했다. 들고 온 선물은 주인공 앞에서 포장을 풀었다.

"대감, 이제 천년만년 사시겠습니다 그려. 황금 거북을 가져왔습니다."

왕실 대신이 주먹만 한 황금 거북을 테이블 위에 놓았다. 보기만 해도 탐욕을 자극하는 광채가 빛났다. 하지만 대갈 대감은 돌을 대하듯 황금에 관심을 보이지 않았다.

"저는 봉황을 가져왔습니다."

한 대감은 푸른 옥을 깎아 만든 봉황을 내려놓았다.

테이블 위에 온갖 진귀한 선물로 가득 쌓였다. 하지만 대갈 대감은 무표정하게 의자 위에 앉아 있었다. 낚시찌처럼 고개를 끄덕였다. 수전증 환자처럼 몸을 떨기도 했다.

"그런데 대감 건강이 정말 좋아진 것 같아요. 배가 남산만 하군요."

"다시 살아나니 이승 음식이 그리웠던 게지요."

"연미복을 만든 재단사도 고생이 많았겠어요."

선물을 전달하며 가까이서 대갈 대감을 본 대신들이 수군댔다. 복부가 남산만한 연미복을 입은 대갈 대감은 의자에 앉은 두꺼비와 같았다.

"그런데 사향이가 보이질 않아. 그 몸종 년은 바라만 봐도 오금이 저린단 말이야."

"대갈 대감 몸종이자 첩이라는 소문도 돕다. 그년을 바라볼 때마다 대감이 뼈째 씹어 먹고 싶다고 하지 않았어요?"

"사향이라면 나라도 가만 두지 않을 거야. 진즉 첩을 삼아 품고 살걸."

대신들이 목을 빼고 이리저리 연회장을 둘러보았다. 하지만 그들의 애간장을 녹이던 계집종은 보이지 않았다.

"여보게 민구, 왜 사향이는 보이지 않나?"

한 대신이 대갈 대감 아들을 붙잡고 물었다.

"아, 그 맹랑한 계집애 말입니까?"

그는 잠시 주저하다 말을 이었다.

"글쎄 외간 남자와 눈이 맞아 야반도주했답니다."

"저런 썩을 년이 다 있나."

대신들은 아쉬운 듯 입맛을 다셨다.

백 년 묵은 산삼으로 빚은 만년주가 몇 순배 돌자 파티장에 활기가 돌았다. 대신들은 나빠진 경제 사정에 맞게 총독부가 귀족 품위 유지비를 인상해줘야 한다고 목소리를 높였다. 독립군 끄나풀들이 가끔 출몰하여 재산과 목숨을 노리니 안위에 조심하라는 경고도 주고받았다. 첩들은 늘어 가는데 줄어가는 힘을 보충할 약재는 무엇이냐고 자문을 구하기도 했다. 여러 가지 궁리들로 연회장은 벌집처럼 붕붕거렸다.

여러 무리 중 자연스레 한 테이블에 모여 앉은 자들은 '분참봉 첩지 위조 사건'에 연루된 귀족들이었다. 이 희대의 사기 사건은 대갈 대감 윤덕영 자작이 주도한 것이었다. 윤덕영 자작은 고종을 독살한 것도 모자라 고종의 장례식으로 돈벌이를 했다. 분참봉은 황제의 장례식을 주관하는 임시직이었다. 그런데 대갈 대감은 분참봉에 임명한다는 첩지를 대량으로 위조하여 팔고 다니다가 발각되었다. 양반이 될 수 있는 마지막 기회라는 말에 현혹된 졸부들과 친일파들이 거액을 주고

첩지를 샀던 것이다.

"윤덕영 자작이 해동은행 사장직에서 낙마했다며?"

"아무리 황후님 백부라 해도 분참봉 건을 저질렀으니 어찌할 게요?"

"우리들까지 불똥이 튀지 않을까요?"

대감들이 서로의 얼굴에 침을 튀기며 말을 주고받았다.

"그런데 자넨 전차는 어찌하고 여기에 왔는가?"

테이블의 시선이 제복을 입은 한 남자에게 쏠렸다. 그는 서대문에서 청량리를 왕복하는 전차 차장이었다.

"윤덕영 대감님이 회생하셨는데 제가 안 올 수 있습니까? 동료와 교대하고 왔습지요. 잔치 끝나자마자 차표 검사하러 가야지요.

차장은 모자를 벗으며 말했다. 눌린 머리카락에 모자 자국이 선명했다. 기미 끼고 그을린 네모난 얼굴에 비굴한 미소가 떠올랐다.

"그럼 술 한 잔 같이 하기 힘들겠구먼."

"천만에 말씀입니다. 낮술 한 잔 걸치고 전차를 타면 구름 위를 나는 기분입지요."

"예끼, 이 사람아. 그러다 전차에서 떨어지기라도 하면 어쩌려고?"

"무슨 소리? 무임승차하는 사람들도 오냐오냐 콧노래로 받아주고, 얼마나 좋을꼬?"

대감들이 흥겹게 농을 주고받았다.

"하긴, 대감이 벚꽃놀이 기생놀이 나갈 때 자네 전차를 전세 낸 적도 많았지."

"입안의 혀처럼 자네가 잘하지 않았나?"

그때 무리들 중 황 대감이 일어서서 술잔을 높이 들었다.

"우리도 대갈 대감을 본받아 천년만년 사세."

"그런 뜻으로 대감, 창 한 곡 하시지요."

"야, 이년들아 대감 뫼시어라. 가야금과 장구를 울려라!"

소리에 능한 기녀들이 황 대감을 연단으로 이끌었다. 술에 취한 대감은 현란하게 휘날리는 기녀들의 옷고름을 붙잡으러 이리저리 손을 놀렸다. 기생과 대감의 농을 보며 관객들의 폭소가 터졌다. 기생집을 제집처럼 드나들던 그는 장안에 소문난 한량이었다. 기녀들을 마주보며 춘향가를 주고받는 흥겨운 소리꾼이었다.

"자, 지금부터 재미있는 눈요기가 시작됩니다."

한껏 목을 뽑던 그는 관중을 돌아보며 말했다. 귀를 쫑긋 세우던 대신들이 동작을 멈추고 그를 바라보았다. 잠시 정적이 감돌았다.

"아해들은 나가라. 연회장 문을 잠가라."

"필요 없는 계집들도 내보내라."

대감들만을 위한 잔치가 시작되고 있었다. 기녀를 제외한 아낙들과 어린아이들이 연회장을 빠져나갔다. 목에 붕대를 한 양장 차림 기녀 하나도 슬며시 뒷문으로 파티장을 나갔다. 뒷문은 저택 안으로 열렸다. 멋진 곡선으로 만들어진 목제 계단을 올라가니 자작나무에 연한 옻칠이 된 침실 문이 나타났다. 윤덕영 자작의 침소였다. 기녀는 주위를 살펴보았다. 모든 사람들이 연회에 정신이 팔려 2층에는 아무도 신경을 쓰지 않았다. 기녀는 살며시 침실 문을 밀었다.

"흐윽."

기녀는 개나리색 양장 소매로 코를 막았다. 송장이 서서히 부패하는 냄새에 욕지기가 났다. 반송장이 머무는 침소에 걸맞게 지독한 냄새였다. 햇빛을 싫어하는지 검은 커튼이 창문에 드리워져 있었다. 어두운 침실 안에 가라앉았던 공기가 끈적끈적하게 온몸을 휘감았다. 침실 곳곳은 고풍스런 유럽 가구들로 장식되어 있었다. 거대한 옷장은 서너 사람이 들어갈 정도로 부피가 컸다. 기녀는 윤기 나는 옷장 손잡이를 당겼다. 좀약 냄새가 코를 찔렀다. 어둠 속에서 수십 벌 양복들이 손에 가득 잡혔다. 기녀는 빠른 동작으로 침소의 곳곳을 뒤졌다. 하지만 의심이 가는 곳은 없었다.

"혹시 침대 밑에?"

기녀는 무릎을 꿇고 침대 밑으로 고개를 밀어 넣었다. 희붐한 어둠 속에서 잔가지들이 뿌려져 있었다. 손을 뻗어 침대 밑을 휘저었다. 손에 잡힌 미끈한 막대를 들어 올려 들여다봤다.

"에그머니나!"

기녀의 손에 들린 것은 기다란 장단지 뼈였다. 얼마나 갉아 먹었던지 뼈에 인대도 남아 있지 않았다. 기녀는 놀란 가슴을 진정하고 반대쪽으로 돌아 침대 밑을 들여다봤다.

"아악! 해골이다."

긴 머리카락이 듬성듬성 매달린 해골이 기녀를 바라보았다.

기녀는 뒷걸음 쳐서 침대에서 물러났다. 더듬거리는 손길에 전화기가 잡혔다.

"대갈 대감 침소입니다. 침대 밑에 해골이 있어요!"

기녀의 목소리가 떨리고 있었다.

"역시 짐작했던 대로군. 어서 사람들을 대피시키게. 종로 경찰에도 연락을 취하겠네."

수화기에서 민치우의 목소리가 울려나왔다.

침실에서 달려 나온 기녀, 금마차 마담은 한달음에 계단을 뛰어내렸다.

"괴물입니다! 모두 대피하세요. 위험해요!"

마담은 닫힌 연회장 문을 두드리며 소리쳤다.

한참만에야 문이 열렸다. 열린 문으로 나타나는 연회장은 푸줏간이었다. 여기저기 널브러진 사람들이 피를 뿜어내고 있었다. 잔치 테이블은 엎어지고 그릇과 음식은 바닥에 산산이 흩어졌다. 올챙이배를 한 대갈 대감이 날렵하게 사람들 사이를 뛰어다녔다. 며칠 전까지만 해도 병석에서 죽음을 기다리던 환자라는 것이 믿어지지 않았다.

"엄마, 살려줘요!"

"괴물이다, 사람을 물어뜯네!"

사람들은 대갈 대감에게서 달아나려 아우성치며 달아났다. 하지만 서로에게 걸려 넘어지고 밟히는 사람이 더 많았다. 구석에 몰린 대감 몇몇은 의자 다리를 부러뜨려 무기로 삼았다. 그들은 달려드는 대갈 대감을 향해 몽둥이를 휘둘렀다. 몽둥이에 맞은 괴물은 잠시 멈칫했다.

"이때다. 칼로 찔러!"

한 장정이 테이블에 놓인 부엌칼을 집어 들었다. 그는 대갈 대감의 배에 칼을 깊이 박았다.

"끄어억."

괴물이 비명을 질렀다.

"괴물을 해치웠다. 만세!"

살아남은 사람들이 연회장에서 환호했다.

하지만 환호는 싸늘한 공포로 얼어붙었다. 괴물이 고개를 들어 칼 든 장정의 목을 물어뜯었다. 장정이 쓰러지자, 배에 칼이 꽂힌 괴물이 거리낌 없이 사람들 사이를 누볐다. 마주치는 사람은 누구든 한 입에 물어뜯었다. 급소를 물린 사람들은 그 자리에 주저앉아 죽어 갔다. 대갈 대감은 무거운 몸통을 빠르게 움직였다. 마치 날렵한 야생 동물 같았다. 미처 연회장을 빠져나가지 못한 사람들이 모두 쓰러졌다. 마담이 정신을 차렸을 때 대갈 대감이 눈앞에 서 있었다.

18
종로 경찰서

"뭐라고요? 윤덕영 자작 저택에 괴물이 나타났다고요?"

종로 경찰서장실에서 기무라 서장의 목소리가 울렸다. 목제 수화기를 든 그의 바른 손이 거칠게 떨렸다.

"송서원에서 파티가 열리고 있습니다. 윤덕영 대감이 괴물이 되었을 가능성이 큽니다. 잔치에 참가한 사람들이 위험합니다. 빨리 병력을 출동시켜야 합니다."

수신기에서 민치우의 다급한 목소리가 울려 나왔다.

"무슨 말씀입니까? 자세한 사정을 설명해주지 않으시면 경찰력을 파견할 수 없습니다. 도대체 멀쩡한 사람이 어떻게 괴물이 된단 말입니까?"

서장의 목소리가 편치 않았다. 이성녀 때문에 경시청과 언론에서 계속 질타를 받아온 짜증이 고스란히 묻어났다.

"간단히 설명해드리죠. 윤 대감은 좀비 바이러스에 감염된 것 같습니다."

민치우는 '좀비'라는 단어를 좀 더 명확하고 크게 발음했다.

"좀비 바이러스요? 좀비는 또 뭡니까?"

갈수록 태산이었다. 청계천 살인 사건 수사만 해도 힘든데 해괴한 바이러스 타령이라니?

"정확히 말씀드리긴 힘들지만, 지금 유치장에 갇힌 괴물이 최초로 좀비 바이러스에 감염된 사람입니다. 금마차 술집 여급이지요. 그 여자의 토막집에서 관동군 장교의 시체와 두 개의 약병, 그리고 괴물이 발견되었습니다. 관동군 장교가 죽어 가는 여자에게 좀비 바이러스를 주사했던 것 같습니다."

"그럴 리가요."

침묵이 흘렀다.

기무라 서장은 두 눈을 질끈 감았다가 유치장 안 괴물을 바라보았다. 며칠 전 괴물이 묶여 있던 자리에 괴물이 사라지고 젊은 여자가 남아 있었다. 전신에 거미줄 같은 검은 혈관이 분포된 여자는 입에 거품을 물고 짐승과 같은 신음만 토해냈다. 처음에는 순사들이 괴물을 잃어버리고 대신 미친 여자를 가둬 놓았나 의심도 했었다. 하지만 2차로 진행된 생체 실험 결과 여자의 체액과 피부 조직이 괴물과 동일하다는 것이 밝혀졌다.

"그렇다면 왜 다시 사람으로 돌아왔을까요?"

서장은 가장 마음을 불편하게 했던 궁금증을 털어놓았다.

"두 개의 약병에 남아 있는 약으로 실험을 해보았습니다. 사고로 죽어 가는 고양이에게 해골 그림이 그려진 약병의 약을 주사했지요. 반응은 즉각적이었습니다. 죽어 가던 고양이가 살아났습니다. 단순히 살아난 것이 아니라 야수로 변했지요. 마침 근처를 지나던 개의 목을 물어뜯고 고기를 뜯어먹더군요. 좀비가 된 작은 고양이가 자신의 몇 배나 되는 개를 뜯어먹는 장면은 믿겨지지 않았습니다. 신선한 고기와 혈액으로 배를 채운 고양이는 한동안 휴식 상태에 빠졌습니다. 섭취한 단백질로 신체를 재구성하는 것 같았습니다. 휴식이 지나자 고양이는 활발하게 움직이기 시작했어요. 실험용 쥐를 가져다주자 목을 물어뜯었습니다. 물어뜯긴 쥐들은 피를 흘리고 죽어 갔습니다. 그런데 두세 시간 지나자 물린 쥐들이 살아났습니다. 바이러스가 감염된 것입니다. 물린 쥐들이 다시 다른 쥐들을 물어 바이러스를 감염시키는 악순환이 시작된 것입니다. 참, 여자가 괴물이 되었다가 다시 사람으로 돌아온 설명을 해야겠군요. 고양이에게 해골에 X자가 그려진 약병의 약을 추가로 주사했습니다. 그랬더니……."

"그랬더니요?"

서장이 침 삼키는 소리가 전화기너머로 들렸다.

"괴물의 머리털이 빠지고 주름이 지더군요. 송곳니가 뻐드렁니로 자라나고 발톱이 날카롭게 자라나더군요."

"청계천 괴물의 형상이 된 것이군요?"

"맞습니다."

"그렇다면 첫 번째 약병은 죽어 가는 동물을 그, 좀비라는 걸로 만드는 약이고 두 번째 약은 좀비를 괴물의 모습으로 만드는 약이군요?"

"하지만 간과해서는 안 되는 사실이 있습니다. 첫 번째 약에 있는 좀비 바이러스에 감염되면 좀비가 되어 계속 감염시키는 역할을 하게 됩니다. 두 번째 약은 일정 기간 이 전염력을 억제시키는 대신 좀비를 괴물의 모습으로 변화시키는 부작용이 있는 것 같습니다. 관동군 장교는 죽어 가는 여자를 살리기 위해 첫 번째 약을 주사하면서 전염력을 억제시키기 위해 두 번째 약도 추가로 주사했겠지요. 좀비 바이러스 억제제 말입니다. 두 번째 약이 여자를 괴물로 만든다는 사실은 몰랐을 겁니다. 그렇지 않고서야 목숨을 걸고 그런 짓을 하지는 않았을 테니까요."

"그렇다면 유치장에 있는 여자는 바이러스 억제제가 효력을 잃어서 사람의 형상으로 돌아온 것이군요? 그럼 좀비 바이러스의 전염력을 되찾은 상태겠군요?"

"각별히 조심하시는 것이 좋겠습니다."

"바로 병력을 출동시키겠습니다. 종로 경찰서뿐 아니라 경성의 모든 경찰이 진고개로 집결하도록 요청하지요."

"감사합니다. 저는 바이러스 퇴치약을 완성하겠습니다."

통화를 마친 민치우는 간호사에게 환자들을 모두 돌려보내도록 했다. 더 이상 치과진료를 하고 있을 수는 없다. 그는 탐정 사무실로 들어섰다. 어수선한 실험 테이블 위에서 막바지 실험이 진행되었다.

한편 민치우와의 통화를 마친 기무라 서장은 경시청에 전화를 돌렸다. 경성의 모든 경찰력을 진고개에 있는 윤덕영 자작 저택에 집결시키라는 요청 전화였다. 통화를 마친 그는 종로 경찰서 순사들에게 완전 무장을 명령했다. 충분한 탄약과 총기를 소지하고 출발할 것을 지시했다.

"출동 전에 괴물을 봐야겠어."

서장은 유치장 문을 열고 들어갔다. 팔다리에 쇠사슬이 묶인 채 여자가 차가운 바닥에 누워 있었다.

"네가 금마차의 여급이렸다? 장안 남정네들 애간장을 녹이던 계집이 바로 너렸다. 잘록한 허리에 탐스런 가슴은 그대로인데 살아 있는 송장이 되었구나. 조선 최초의 좀비가 되었어."

기무라 서장은 아가사키 장총 개머리판으로 여자의 가슴을 툭툭 건드렸다. 검은 혈관으로 뒤덮인 홍시와 같은 두 가슴이 탄력 있게 저항했다. 서장을 따라 유치장에 들어선 순사 두 명이 음흉스럽게 웃었다. 그때였다.

"끄르르릉."

"아얏."

느슨해진 쇠사슬을 풀고 여자가 뛰어 올랐다.

여자는 한 치의 착오도 없이 곁에 선 나카무라 순사의 목을 향해 송곳니를 날렸다. 다음 순간 유치장 벽면으로 붉은 벚꽃이 피어올랐다. 순사의 피가 비산흔을 그리며 뿜어진 것이다.

나카무라 순사는 저항 한 번 하지 못하고 그 자리에 고꾸라졌다.

겁에 질린 야스카 순사가 장총을 들어올렸다. 하지만 총검이 부착된 장총은 좁은 공간에서 거추장스러웠다. 방아쇠에 걸린 집게손가락에 힘이 실리는 순간 여자의 입이 순사의 목을 물어뜯었다.

"사람 살려!"

공포의 비명을 지르며 야스카 순사가 여자를 밀쳐냈다.

유치장 바닥에 넘어진 여자의 입에는 순사의 목살이 가득 들어 있었다. 야스카 순사의 목에서는 피가 분수처럼 뿜어져 나왔다.

"안 돼!"

야스카 순사는 비명을 지르며 두 손으로 상처를 막아보려 했다. 하지만 엄청난 출혈로 순식간에 의식을 잃고 말았다. 한순간에 두 명의 순사가 쓰러진 것이다.

다음 순간 여자는 입가에서 피를 흘리며 기무라 서장을 바라보았다. 푸른 두 눈에서 죽음의 세계가 들여다보였다.

기무라 서장은 경찰서를 뛰쳐나갔다. 자신이 상대할 수 없는 괴물임을 깨닫고 정신없이 도망쳤다.

도망치는 기무라 서장의 등 뒤에서 처절한 비명이 계속 들려왔다. 출동 준비를 하던 순사들이 괴물 여자에게 죽음을 맞는 소리였다. 출동 준비 중이던 순사들은 영문을 모르고 유치장으로 걸어왔다. 그들이 유치장을 들여다보는 순간 창살문이 젖혀지며 여자 좀비가 튀어나왔다. 겁에 질린 순사들이 좀비를 향해 장총을 쏘았다. 서너 발 총성이 울리자 좀비의 복부와 팔에서 검은 체액이 흘렀다. 잠시 주춤하던 좀비는 다시 순사들을 향해 달려들었다.

"살려줘!"

"아악!"

처절한 신음이 경찰서를 울렸다. 무소불위의 권력과 폭력의 상징이었던 종로 경찰서가 일본인 순사들의 피로 붉게 물들었다. 순사들을 쓰러뜨린 여자 좀비, 장미영은 종로 경찰서를 뛰쳐나가 종로통으로 내달렸다.

19
진고개 좀비 소탕 작전

눈을 뜨니 이곳이 이승인지 저승인지 분간이 되지 않았다.

두꺼비처럼 악취를 풍기는 대갈 대감이 아귀처럼 달려든 것이 마지막 기억이었다. 쪽머리에 하얀 분가루를 칠한 금마차 마담이 정신을 차리고 일어섰다. 그녀 주위는 선지가 굳어 미끄덩거렸다. 거대한 연회장은 연옥보다 참혹했다. 목을 잡고 죽어 있는 대감들과 여급들, 수십 구의 시체들이 널브러진 위로 피가 흥건히 고여 있었다. 마담은 붕대를 감은 자신의 목을 만져보았다. 강한 충격을 받은 듯 목이 시큰거리고 뻐근했다. 대감이 자신의 목을 물어뜯은 것이 분명했다. 그렇다면 그녀를 두 번째로 구해준 것은 역시 민치우가 고안한 강철 목도리였음이 분명했다.

"살아 있는 것은 아무것도 없어."

사방을 둘러보았지만 움직임이 없었다. 시체를 밟으며 뒷문으로 빠져나왔다. 그녀는 저택의 후문으로 나갈 생각이었다.

사각사각

그때였다. 머리 위에서 사각대는 소리가 났다.

천장에서 쏟아진 찬물을 온몸에 뒤집어쓴 듯 소름이 끼쳤다. 살며시 머리를 들어 올려다봤다. 2층 계단 난간에 대갈 대감이 걸터앉아 있었다. 그는 긴 머리가 듬성듬성 달려 있는 해골에 입맞춤했다. 그것은 마담이 2층 침대 밑에서 발견했던 해골이었다. 손님들이 안 보인다고 찾던 미모의 몸종 사향이의 해골일 것이다. 대갈 대감은 못다한 애정 표현을 하듯 해골에 입을 맞추다, 갉아 먹다를 반복했다.

마담은 발목의 힘이 풀려 그 자리에 주저앉았다. 그녀는 연회장 뒷문으로 슬금슬금 기어갔다. 소리 죽여 뒷문을 열고 연회장에 들어갈 수 있었다. 넘어진 시체들이 이렇게 고마울 수가 없었다. 시체들 사이로 기어 다니며 정문 쪽으로 천천히 이동했다. 바닥에 흐르는 미적지근한 피가 그녀의 복부에 젖어왔다. 덩어리진 선지가 얼굴에 엉길 때면 소름이 끼쳤다. 드디어 정문에 도달했다. 그녀는 뒤를 돌아봤다, 다행이 대갈 대감이 연회장에서 나오지 않았다. 그녀는 작게 한숨을 내쉬며 정문을 밖으로 밀었다. 한 번, 두 번, 세 번을 밀어도 정문은 꼼짝도 하지 않았다. 살며시 일어나 문손잡이를 돌렸지만 손잡이는 움직이지 않았다. 정문은 밖에서 잠겨 있었다. 많은 사람들이 후문 쪽에서 달려드는 괴물을 피해 정문으로 빠져나가지 못했던 것이었다.

"여기서 이렇게 죽을 수는 없어."

마담의 뇌리에 수많은 기억들이 주마등처럼 지나갔다. 어려서 부모와 지내던 모습. 그녀를 거쳐 간 수많은 남자들의 얼굴들이 하필 이때 무성 영화처럼 눈앞을 지나갔다. 그녀는 머리를 좌우로 흔들며 문고리를 거세게 흔들었다. 문소리가 제법 요란하게 나기 시작했다. 하지만 거대한 정문은 미동도 하지 않았다. 그녀는 옆에 쓰러진 의자를 들어 문고리를 향해 내리쳤다.

빠드득

요란한 소리가 나며 문손잡이가 부러졌다. 마담은 두어 발자국 물러섰다가 정문을 향해 돌진했다. 관성이 실린 마담의 몸통이 정문에 부딪혔다.

"아야!"

하지만 비명을 지르고 넘어진 것은 가냘픈 여자였다. 문짝은 꼼짝하지 않고 제자리를 지켰다. 자리에 넘어진 마담은 혹시 하는 생각에 뒤를 돌아보았다.

"끄르르릉."

입가에 피를 흘린 채 대갈 대감이 뒷문으로 들어서고 있었다. 한 손에는 긴 머리카락이 감긴 해골이 들려 있었다.

"살려줘요. 살려주세요!"

공황 상태에 빠진 마담이 잠긴 정문을 두드리며 소리쳤다.

괴물은 시체를 짓밟으며 천천히 걸어왔다. 여자의 공포를 즐기기라도 하는 듯 얼굴에 잔인한 미소를 지었다. 불행은 한 무리 혜성처럼 연달아 오는 것일까? 기녀 주위의 시체들이 꿈틀대기 시작했다. 대갈 대감에게 물린 시체들이 좀비로 살아나는 것이었다. 한 좀비는 기녀의 얼굴을 붙잡았다. 다른 좀비는 기녀의 다리를 잡아당겼다. 그들은 기지개를 켜며 굳어버린 몸을 일으켜 세웠다. 경직된 턱관절에서 딱딱거리는 소리가 났다. 연달아 턱을 부딪치는 소리가 연못 속 개구리 울음소리처럼 일제히 울려 댔다.

"이제는 정말 마지막이야!"

마담은 두 눈을 질끈 감았다. 그때였다. 누군가 정문 손잡이를 움직이는 소리가 났다. 문이 열리지 않자 발길질이 시작되었다. 서너 번의 발길질로 정문이 거칠게 열렸다. 석양빛을 배경으로 장총을 든 순사들이 서 있었다. 순사들과 좀비들은 한순간에 서로를 마주 대하고 주춤했다. 순사들은 눈앞에 펼쳐진 정경에 경악했다. 아수라장이 된 연회장은 목에서 피를 흘리는 좀비들이 꿈틀거렸다.

"살려주세요. 저는 괴물이 아니에요."

기녀는 열린 대문으로 뛰어나갔다. 노란색 정장 곳곳이 붉게 물든 마담이 달려오자 순사들이 어정쩡하게 대열을 흩뜨렸다. 잠시 그녀를 바라보던 순사들은 그녀가 정상적인 사람임을 알아보고 후방을 향해 고갯짓했다. 여자가 후방으로 이동할 때 순사들은 좀비들을 향해 총검을 착용했다. 완전한 전투 자세였다.

"끄르릉."

대갈 대감이 기녀를 향해 연회장에서 뛰어나왔다.

"아악, 살려줘!"

기녀는 달려오는 대갈 대감을 돌아보며 소리쳤다.

그 순간 요란한 총소리가 났다. 화약 냄새가 진동했다. 총구멍이 난 대갈 대감의 온몸에서 검은 체액이 흘렀다. 하지만 대갈 대감은 멈추지 않았다. 방향을 바꾸어 순사들에게 달려들었다.

"허억."

한 순사가 대갈 대감에게 목을 물려 그 자리에 쓰러졌다. 주변 순사들이 총검으로 대갈 대감을 난도질했다. 두 팔이 잘리고 다리가 잘렸다. 하지만 대갈 대감은 땅바닥에서 아가리를 놀렸다. 무엇이든 거리 안에 들어오면 물어뜯을 기세였다.

"머리도 잘라버려."

한 순사가 말했다. 천하를 호령하던 대갈 대감 윤덕영, 그는 비참하게 머리가 잘린 뒤에야 숨을 거둘 수 있었다. 순사들이 대갈 대감을 상대하고 있는 동안 연회장문을 통해 좀비들이 걸어 나왔다. 신선한 날고기를 뜯어먹지 못해 아직 행동이 느렸다. 하지만 그들에게 주어진 좀비 본능은 확실하게 작동되고 있었다. 상대방을 물어뜯어 바이러스를 전염시키는 것이 가장 큰 욕구였다.

"사격 개시!"

대갈 대감에게 혼난 순사들이 발 빠르게 대응했다. 두 줄로 전열을 재정비한 사수들이 일제히 총구를 열었다. 앉은 자세의 앞줄과 선 자세의 뒷줄은 무너지지 않을 이중의 벽 같았다. 총성이 울리자 수백 발의 총탄이 좀비들의 몸에 박혔다. 쓰러지는 좀비, 비틀거리는 좀비들로 연회장은 난장판이었다. 뿌연 화연이 참혹한 현장을 뒤덮었다. 하지만 좀비들은 화연을 뚫고 하나둘 걸어 나왔다.

"다시 사격 개시!"

다급한 목소리를 따라 다시 총성이 연달아 울렸다. 하지만 좀비들을 멈추게 할 수는 없었다.

좀비들은 순사들에게 달려들어 마구 물어뜯었다. 순사들도 쉽게 물러나지 않았다. 날카로운 총검으로 좀비를 찔렀다. 현란한 총검술에 좀비들의 팔다리가 떨어져 나갔다. 잘린 좀비들의 몸에서 검은 체액이 흘러나왔다. 하지만 좀비들은 움직임을 멈추지 않았다. 팔이 잘린 좀비는 아가리를 들이대며 순사들을 위협했다. 다리가 잘린 좀비는 기어서 순사들에게 다가갔다. 더 이상 순사들이 저항할 수 없었다. 한순간에 2중의 대열이 무너졌다. 순사들은 총을 버리고 달아나기 시작했다. 좀비들에게 물려 달아나는 순사들의 비명으로 진고개가 요란했다.

대갈 대감의 저택에서 퇴각한 순사들과 충원된 순사들 수백 명이 오십여 미터 뒤로 제2의 방어선을 쳤다. 제2방어선은 좀비들이 쉽사리 넘기 힘든 무기들로 무장되었다. 기관총과 수류탄 그리고 화염방사기까지 조달되었다. 현장 지휘관은 추가적으로 야포까지 보내달라는 요청을 하고 있었다. 아무리 전시라고 하지만 야포까지 지원되는데에는 시간이 더 필요했다.

"지휘관님, 시간이 필요합니다. 우리가 가진 무기로 괴물들을 막아내는 데는 한계가 있습니다. 이 정도 속도라면 두세 시간 정도면 좀비들이 제2방어선을 통과할 것입니다."

"시간을 벌어야 해. 무슨 좋은 생각 있나?"

지휘관이 수하 참모들에게 물었다.

"혹시 인간 방패는 어떨까요?"

"인간 방패?"

"많은 사람들을 좀비와 제2방어선 안에 두는 것입니다. 좀비들이 이 사람들을 공격하느라 전진 속도가 느려질 것입니다."

"좋은 생각이야. 그러면 야포가 도착할 때까지 시간을 벌 수 있겠군. 그런데 누구를 방패로 삼는다?"

지휘관이 자신들에게 걸어오는 좀비들을 바라보며 물었다.

"죄수들이 좋을 것 같습니다. 근처 서대문 경찰서에 수감된 불순분자들을 바로 데려올 수 있습니다."

"음!"

지휘관이 서대문 쪽을 바라보며 턱을 쓰다듬었다. 탁한 눈동자에 순간 안도의 빛이 번뜩였다.

"바로 진행하게."

곧 조선총독부와 서대문 형무소에 협조 전화가 이루어졌다. 총독의 승인이 떨어지자 서대문 형무소에 비상 사이렌이 울렸다. 모든 죄수들이 운동장에 집결되었다.

"모든 불순분자들을 트럭에 실어라."

교도소장의 지휘 아래 죄수복을 입은 독립군들이 운동장 한쪽으로 선별되었다. 교도소 밖에서 수십 대의 트럭이 줄지어 서서 죄수들을 기다렸다.

"서둘러라. 시간이 없다."

수백 명의 독립군들이 짐짝처럼 트럭에 실렸다. 만주와 조선 전역에서 활동하던 독립군들은 모진 고문을 받으며 처형 날짜만을 기다리던 중이었다. 그들이 자신의 운명을 알게 되는 데는 오랜 시간이 걸리지 않았다. 형무소에서 지척에 있는 진고개에 가까워지자 요란한 기관총 소리가 들려왔다. 제2방어선에서 좀비들에게 날아가는 총탄 소리였다.

제2방어선에서는 3대의 기관총이 소낙비처럼 총탄을 날리고 있었다. 물에 젖은 종이처럼 좀비들의 몸통이 분해되어 떨어져 나갔다. 순식간에 선두의 좀비들은 팔다리를 잃고 바닥에서 허우적댔다.

"만세! 대일본 경찰 만세!"

잠시 사격을 멈춘 사수들이 손을 들고 환호했다. 하지만 좀비들의 수는 압도적이었다. 연회장에 쓰러졌던 수백 명 인파가 좀비가 되어 몰려왔다. 거대한 쓰나미를 연상케 했다. 게다가 아무리 총탄 세례를 퍼부어도 팔다리가 떨어진 좀비들까지 계속 기어왔다.

"머리를 쏴라! 머리를 파괴해야 좀비가 죽는다."

기관총 사수 하나가 소리쳤다. 그가 쏜 좀비의 머리가 떨어져 나가면서 죽는 것을 목격했던 것이다. 기관총 사수들은 좀비의 머리를 향해 계속 총알을 긁었다. 머리가 떨어져 나가도록 하기 위해서는 수백 발의 총탄을 날려야 했다. 십여 명의 좀비들의 머리가 떨어져 나가자 기관총 총탄이 바닥났다.

"수류탄을 던져라!"

지휘관의 명령이 떨어졌다. 선두의 좀비를 향해 수류탄이 날았다. 수류탄이 터지며 지축을 진동했다. 좀비들은 팔다리를 잃고 공중으로 날았다. 하지만 수류탄 한 발로 머리가 날아간 좀비는 몇 명 되지 않았다. 대부분 좀비들이 다시 일어나 방어선 앞에 도착했다. 좀비들이 너무 근접해서 수류탄을 던질 수 없었다.

그때였다.

"화염방사기 가져와!"

황염방사기가 좀비들을 향해 기다란 화염을 내뿜었다. 순식간에 좀비들이 고약한 노린내를 내며 불타올랐다. 완전한 숯이 된 좀비들은 바닥에 하나둘 쓰러졌다. 하지만 타다만 좀비들은 몸에 불이 붙은 채 순사들에게 뛰어들었다. 순사들의 제복에도 불길이 옮겨 붙었다. 불길 속에서 좀비들이 순사들을 물어뜯었다. 그들은 이빨 달린 불덩이들이었다.

"앗 뜨거워! 퇴각하라!"

제2방어선 지휘관이 좀비들을 밀어내며 소리쳤다. 순사들이 길 건너 모퉁이를 향해 뛰었다. 사방으로 내달린 순사들은 각자 생명을 보호하기에도 바빴다.

"죄수들이 도착했다!"

그때 후방에서 누군가가 소리쳤다. 곧 수백 명의 죄수복을 입은 남녀가 무너진 제2방어선으로 끌려왔다.

"서둘러라. 죄수들을 방어선 앞으로 이동시켜."

명령이 떨어지자마자 순사들은 죄수들을 좀비들에게 떠밀었다.

아귀와 같은 좀비들을 보고 죄수들은 자신의 운명을 눈치 챘다. 좀비와 맨손으로 싸우다 죽어 가는 것이 그들의 임무였다.

"살려주세요!"

"뒤로 물러서는 자는 총살한다."

살려달라는 죄수들에게 순사들이 위협 사격을 가했다.

뒤로 물러나려던 죄수들은 마음을 다잡고 좀비를 향해 뛰어들었다.

"악독한 일본놈들과도 싸웠는데 이깟 괴물들이 무서울쏘냐?"

독립군들의 기상은 남달랐다. 작은 물고기들도 무리를 이루면 강해지는 법. 그들은 어깨를 붙잡고 대열을 짰다. 대열에서 우렁찬 노랫소리가 울려나왔다. 독립군가였다.

"신대한국 독립군의 백만 용사야 조국에 부르심을 네가 아느냐.
삼천 리 삼천만의 우리 동포들 건지리, 너와 나로다.
나가 나가 싸우러 나가 나가 나가 싸우러 나가
독립문의 자유종이 울릴 때까지 싸우러 나아가세"

우렁차게 독립군가를 부르는 죄수들의 눈에 눈물이 그렁했다. 순간 좀비들이 걸음을 주춤하고 그 자리에 멈추었다. 친일파 좀비들이 살아생전 가장 두려워했던 존재가 바로 독립군들이었다. 친일파 대감들에게 육혈포를 든 독립군들을 한밤중에 마주하는 것은 최악의 악몽이었다. 그들은 좀비가 되어 모든 기억을 잃었지만 독립군에 대한 두려움 한 자락이 희미하게 남아 그들의 발길을 늦추었다. 좀비의 본능이 다시 고개를 쳐들었지만 독립군들의 눈치를 슬금슬금 살폈다.

"원수들이 강하다고 겁을 낼 건가 우리들이 약하다고 낙심할 건가.
정의에 날쌘 칼이 비끼는 곳에 이 길, 이 너와 나로다"

독립군들의 기세가 하늘을 찔렀다.
"아니, 저 괴물은 누구야. 신문에서 자주 보던 역적 친일파 민 대감 아니야?"
"맞아, 조선을 팔아먹은 역적 놈 송 대감도 옆에 있네."
"에라이, 벼락 맞을 놈들."

"천벌을 받아 괴물이 되었구나."

"서 괴물들을 부찌르자!"

"친일파를 응징하자!"

매국노의 얼굴을 알아본 독립군들이 이를 갈았다. 드디어 바이러스에게 조종되는 좀비들과 우국청정에 가득한 독립 운동가들이 맞붙게 되었다.

"평안도 박치기 맛 보거라!"

박치기가 특기인 독립군이 박치기를 날렸다. 덤벼들던 좀비가 이마와 코에서 검은 체액을 흘렸다. 다음 순간 좀비는 비틀거리다 바닥에 고꾸라졌다.

"평안도 박치기 만세! 대한제국 만세!"

독립군 진영에 환호가 솟았다. 다음에는 험한 인상의 상투쟁이가 덤벼드는 좀비들에게 연달아 주먹을 날렸다. 차돌주먹이었다. 좀비들의 머리가 옆으로 획획 돌아가며 뒤로 넘어졌다. 맨주먹으로 좀비를 때려잡는 독립군들을 보며 일본 순사들도 환호했다.

"잘 하고 있다. 야포가 도착할 때까지만 버텨다오. 그러면 괴물들과 같이 통째로 날려줄 테다."

지휘관이 입꼬리를 올렸다.

한 독립군 여전사는 순사들이 버리고 간 장총을 집어 들었다. 그녀는 장총에 달린 총검으로 달려드는 좀비의 눈알을 찔렀다. 비명을 지르며 좀비가 물러서자 총검 칼날에 눈알이 딸려 나왔다.

"일본놈과 동족을 몰라보는 눈알, 몽땅 파내주마!"

여전사는 총검으로 다른 쪽 눈알마저 찔러 짓이겼다.

눈알을 모두 잃은 좀비는 방향을 잃고 제자리를 맴돌았다.

"만세! 여전사 만세!"

좀비들이 조금씩 뒷걸음쳤다. 독립군들은 순사들이 버리고 간 무기를 들었다. 그들은 한순간 일본 순사들을 돌아보았다. 당장 그들에게 총알을 날리고 싶었다. 하지만 코앞의 좀비들이 더 시급했다. 그들은 물러서는 좀비들에게 사격을 시작했다. 쾅음과 화약 냄새가 진동했다. 좀비들이 비틀거리다 자리에 쓰러졌다. 하지만 몸에서 검은 피를 흘리며 다시 일어섰다. 두세 시간이 지나자 독립군들이 지치기 시작했다. 식사도 못하고 끊임없이 달려드는 수백 명 좀비들을 상대하다 보니 조금씩 빈틈이 생겼다.

"안 돼!"

"조심해, 김 동지!"

강철 주먹을 날리던 상투쟁이가 잠시 숨을 가누던 때였다. 느릿하게 다가오던 좀비가 갑자기 상투쟁이의 목을 물어뜯었다. 좀비에게 목을 물렸다.

"아악, 조국의 독립도 못 보고 가는구나. 죽어서도 원수를 갚겠다!"

목에서 피를 내뿜으며 상투쟁이가 자리에 쓰러졌다.

한 번 피를 본 좀비들이 흥분하기 시작했다. 좀비의 위험성을 깨달은 독립군들은 몸을 움츠렸다. 자연히 독립군 진영이 조금씩 후퇴하기 시작했다.

"물러서지 마라! 한 발만 뒤로 가면 쏜다!"

권총을 뽑아 든 순사가 독립군들을 향해 소리쳤다.

"차라리 나를 쏴라. 괴물에 먹히느니 차라리 총에 맞겠다!"

독립군 한 명이 순사들 쪽으로 달렸다. 곧 서너 발의 총성이 울리고 중년 남성은 그 자리에 쓰러졌다. 남자의 최후를 바라보며 독립군들은 다시 좀비들과 맞설 수밖에 없었다. 때려도 찔러도 죽지 않는 괴물, 칼로 베고 총을 쏘아도 계속 일어서는 좀비.

석양 무렵이 되자 독립군들의 근력이 고갈되었다. 목안이 바짝 마르고 팔다리에 쥐가 났다. 하지만 신선한 피와 고기를 맛본 좀비들의 움직임은 더욱 활발해졌다.

"옆을 조심해!"

"박 동지 끝까지 버텨! 포기하면 안 돼."

피로에 지쳐 주저앉는 사람들이 하나둘 생기자 대열이 느슨해졌다. 그 자리를 좀비들이 뚫고 들어왔다.

으스름 황혼빛이 먹물에 잠겨 사라지자 좀비와 독립군이 분간되지 않았다. 어둠은 좀비들의 일방적인 친구가 되었다. 좀비들은 강한 후각으로 어둠 속을 더듬어 먹잇감들을 찾았다. 하지만 앞이 보이지 않는 독립군들은 쉴 새 없이 총검을 휘저었다. 공황 상태에 빠져들었다.

"앗! 당했다!"

"난 좀비가 아니야. 총검 치워!"

좀비에게 물어뜯기는 사람, 동료 독립군이 휘두르는 칼날에 베이는 사람들로 아비규환이 되었다. 수백 명의 독립군들이 좀비에게 쓰러지는 동안 일본 순사들은 철책을 세웠다. 높다란 말뚝을 박고 철망을 2중으로 둘러 좀비들이 나오지 못하도록 막는 장치였다. 죄수들이 모두 궤멸되는 동안 좀비들을 가둬둘 철책이 빠른 속도로 설치되었다.

20

경시청, 관동군에 도움을 청하다

전용해의 부활을 목격한 신자들이 구덩이로 몰려들었다. 전용해가
기어 나온 흙구덩이는 이적의 상징이었다. 예루살렘과 같은 종교적
성지였다.

"기와를 가져오게. 서까래도 필요해."

신자들은 필요한 물건들을 가져와 구덩이를 성지화했다. 구덩이 주
변에 벽돌을 쌓고 기와지붕을 덮었다. 눈비가 와도 구덩이를 원형 그
대로 유지할 수 있는 시설이었다.

남성 신자들이 구덩이 보존 공사를 하는 동안 여신도들은 땅 속에

묻혀 있던 교주를 따뜻한 향유로 목욕시켰다.

"교주님, 오늘 저녁 제 딸에게 은혜를 베풀어주소서."

한 중년 여성이 교주에게 흰옷을 입혀주며 말했다. 침소에서 전용해를 기다린 것은 열여섯 살 처녀였다. 선녀 옷을 입은 처녀는 원앙금침을 펼쳐놓고 그가 들어오기를 초조하게 기다렸다.

드디어 교주 전용해가 침소에 들어섰다. 수줍은 처녀는 양초를 불어껐다. 신도들이 물러나고 주위가 고요해지자 비단옷이 스치는 소리가 시작되었다.

"교주님, 아프옵니다."

소녀가 작게 흐느끼기 시작했다. 흐느낌은 일순에 찢어지는 듯한 비명으로 바뀌었다. 한동안 계속된 비명이 멈추자 전용해가 방문을 열고 뛰어나왔다. 그의 입가에서 흥건하게 피가 흘렀다. 방 안은 소녀의 피로 붉게 물들었다. 흐트러진 옷가지와 이불로 난장판이었다.

"무슨 일입니까?"

놀란 신도들이 횃불을 들고 달려왔다. 그들이 마주한 것은 소녀의 허벅지를 뜯어먹는 전용해였다.

"안 됩니다. 교주님. 사람을 먹다니요?"

신도들이 물러서며 소리쳤다.

"<u>끄으으윽.</u>"

소녀의 허벅지를 내던지며 교주가 소리쳤다. 괴물은 신자들을 향해 뛰어내렸다.

"아악. 살려줘."

"교주가 괴물이 되었어!"

신자들이 뒤돌아 달아났다. 교주는 빠른 걸음으로 신자들을 따라잡았다. 교주는 차례로 신자들의 목을 물어뜯어 목숨을 빼앗았다.

앞서 달아나던 신자들은 대문을 가로막는 교주를 발견하고 기겁했다. 공중제비로 대문을 넘은 교주는 대문 밖으로 도망치는 신자들을 공격했다. 대문이 봉쇄되자 담을 넘어 도망가는 신자들도 생겼다. 구사일생으로 담을 넘은 신자들은 걸음아 나 살려라 경찰서를 향해 뛰었다. 서대문 경찰서에 도착한 신자들이 눈물로 도움을 호소했다.

"교주 전용해가 괴물이 되어 사람들을 살육하고 있습니다! 얼른 도와주세요!"

하지만 모든 병력이 진고개로 파견된 후였다. 게다가 진고개 현장도 병력이 와해된 상태. 추가 병력 투입을 요청하고 있었다. 당장 전용해 저택으로 갈 병력은 없었다.

"이를 어째? 갇혀 있는 우리 신자들은 어떻게 해!"

경찰서에도 도와줄 사람이 없다는 것을 알고 신자들이 발을 동동 굴렀다.

"병력 출동 바란다. 서대문 전용해 집에 괴물이 출현하여 수십 명 사상자 발생했다. 사건은 계속 진행 중이다."

서대문 경찰서의 당직 순사가 경시청에 무전 연락을 보냈다.

경시청에 들어온 최초의 파병 요청지는 진고개 대갈 대감 저택이었다. 좀비의 숫자가 예상보다 많고 진압이 어렵다며 추가 파병 요청이 잇달았고, 정치범을 인간 방패로 사용하게 해달라는 요청도 있었다. 그 후 한 시간 뒤, 종로 경찰서가 괴물에게 괴멸되었다는 비보가 들어왔다. 밤늦게는 부활한 백백교 교주가 신도들을 물어 죽인다는 보고마저 뒤따랐다. 하루에 너무나 많은 일들이 꼬리를 물고 일어났다.

"총체적인 난국이구나."

경시청장은 비상상황실에서 검은 창밖을 올려다보며 말했다. 이미 경성의 모든 경찰력과 기마대가 진고개에 투입되었다. 하지만 강력한 좀비들을 막지 못하고 정치범들을 방패로 시간을 벌며 대치 중이었다.

종로 경찰을 쑥대밭으로 만든 괴물은 종로통으로 뛰어나가 젊은 여자들을 마구 물어뜯으며 이동 중이었다. 신출귀몰하는 여자 괴물을 저지할 뾰쪽한 방법은 없어 보였다.

거기에다 백백교 교주까지 괴물이 되어 눈에 보이는 대로 사람들을 살육하는 중이었다.

"전염병처럼 번지고 있는 괴물의 정체는 무엇입니까?"

경시청장은 테이블에 마주앉은 의학반을 바라보았다.

"저희들도 정체를 알아내지 못했습니다. 불가사의한 바이러스성 전염병이라는 것은 알아냈지만요."

의학반 반장이 쭈뼛거리며 대답했다. 도쿄대학 생리학 교수인 그는 경시청의 특별 요청으로 경성에 오게 된 것이었다.

"바이러스 전염 경로는요? 그리고 그 경로를 차단시키는 방법은요?"

"지금까지의 경로를 보면 공기로의 감염은 배제할 수 있다고 봅니다. 종로 경찰서에 며칠간이나 괴물이 갇혀 있었지만 전염된 사람은 없었습니다. 감염된 사람이나 동물에 물려 감염되는 것이 가장 주요한 전염 경로입니다. 두 번째는 주사로 바이러스를 주입하거나 구강내에 넣는 방법으로 전염되는 것 같습니다. 물론 바이러스를 차단하려면 바이러스에 감염된 사람들을 소각시켜야 합니다."

"그런데 바이러스에 감염되면 괴물이 되지 않습니까? 죽이기 힘든 괴물 말입니다. 어떻게 괴물들을 모두 찾아 소각시킨단 말입니까?"

"저도 힘든 일이라고 생각합니다. 어쩌면 불가능한 일일 수도 있지요."

"불가능하다뇨? 우리 모두가 괴물에게 당해야 된다는 말입니까? 그 뭡니까? 좀비라고 하는 죽지도 않는 괴물 말입니다."

"현재 상황으로는 좀비의 생명력이 거의 영생에 가깝습니다. 특별한 퇴치 방법을 생각해 내지 않는 한 전망이 어둡다고 생각합니다."

반장은 의대 교수답게 객관적인 예후를 말해주었다.

"그렇다면 경성에 군대를 투입해야겠습니다. 관동군에 파병을 요청하겠습니다."

경시청장이 백발이 성성한 머리를 떨어뜨리며 말했다.

"그것은 안 됩니다. 경성을 파괴시키겠다는 말이군요?"

반장이 단호한 목소리로 말했다.

"저도 이 방법을 쓰고 싶지 않습니다. 하지만 좀비의 확산 속도로 볼 때 경성을 포기하지 않으면 내지까지 확산되지 않으리라는 보장이 없습니다."

"다른 방안들을 조금 더 연구해보실 생각은 없으십니까? 조선 속담에 벼룩 잡으려고 초가삼간 태운다는 말이 있습니다."

"차라리 좀비가 벼룩이라면 솎아낼 수 있을 텐데 유감입니다. 현재로서는 경성을 폭격해서 좀비들을 소각시키는 방법밖에 없습니다."

"그러면 내지인들을 경성에서 대피시켜야겠군요?"

"내지인 대피 계획은 수립된 대로 진행될 것입니다."

"경성의 모든 조선인들을 대피시킬 시간적 여유가 있을까요?"

"조선인들은 대피시키지 않습니다. 조선인들을 먹잇감으로 남겨둬야 좀비들을 경성에 잡아둘 수 있을 테니까요."

"그렇다면 조선인들을 경성에 둔 채 경성을 통제 구역으로 만들겠다는 말이군요."

"이제야 이해하시는군요. 철저히 사대문을 봉쇄하고 경성을 폭격할 겁니다. 폭격이 끝나면 장갑차로 밀고 들어가 좀비들을 모두 소탕하면 됩니다."

"안 됩니다. 너무 많은 민간인이 희생됩니다."

"난징에서 희생된 민간인의 숫자를 아십니까?"

경시청장의 말에 반장은 고개를 좌우로 저을 수밖에 없었다. 더 이상 대화의 필요를 느끼지 못한 반장이 조용히 상황실을 떠났다.

길게 한숨을 내쉰 뒤 경시청장이 수화기를 들었다. 통화는 교환수를 거쳐 관동군 총사령관에게 연결되었다.

"응급 상황이 경성에 발생했습니다. 경성을 장악할 병력을 파병해 주십시오."

경시청장이 말했다.

"혹시 좀비들의 공격을 받고 있지 않습니까?"

관동군 사령관이 차가운 목소리로 물었다.

"아니 어떻게 그걸?"

경시청장이 놀란 목소리로 말했다.

"관동군이 반도에 독립된 정보 체계를 운영하고 있다는 것을 잊으셨던가요? 그렇지 않아도 경성에 관동군을 파병하는 문제를 논의하려던 참입니다. 경성에 일어난 최근의 사건들에 관동군의 극비 연구 결과가 관련되어 있습니다. 경성에 발생한 좀비 바이러스는 매우 심각한 사안입니다. 매우 전염력이 강하고 퇴치하기 힘듭니다. 하기에 저도 경시청장님의 생각에 동의합니다. 좀비를 박멸할 수단은 군대밖에 없습니다."

"감사합니다. 사령관님."

"12시간 안에 내지인들을 경성에서 대피시키십시오."

"12시간 뒤에 폭격이 시작됩니까?"

"그렇소. 그 시간 안에 좀비가 사라지는 이변이 생기지 않는 한 관동군의 폭격기들이 경성에 폭격을 시작할 겁니다."

"하이, 알겠습니다."

통화를 마치자마자 경시청장은 내지인 대피령을 발동했다. 모든 교통수단을 동원해 12시간 안에 경성에서 모든 일본인들을 대피시키라는 소개령이었다. 경성에서 빠져나온 내지인들은 인천항에 집결해 일본으로 떠나게 되어 있었다.

조선인들의 동요를 막기 위한 방법도 강구되었다. 모든 내지인들은 정확한 호구 조사를 위해 일본을 방문해야 한다는 납득하기 힘든 이유가 발표되었다. 조선인들에게는 특별한 명령이 있을 때까지는 경성 출입을 금지하는 금족령이 떨어졌다.

21

좀비들 철책을 넘다

밤새 독립군과 좀비들의 싸움이 계속되었다. 하지만 여명이 밝아오자 참혹한 고요가 찾아왔다. 전투의 승패가 결정 났던 것이다. 승자는 좀비였다. 패자들은 바이러스에 전염되어 하나둘 좀비가 되어 갔다.

날이 밝아오자 철책 너머로 좀비를 바라보던 순사들이 겁에 질렸다. 인간 방패 역할을 하던 죄수들이 밤새 좀비가 되어 있었다. 특히 독립군 좀비들은 증오의 눈길로 순사들을 노려보았다.

"그르르릉."

철창 안에 갇힌 야수들처럼 좀비들이 낮은 소리를 냈다. 살육의 본능에 이끌려 철장 주변을 어슬렁거렸다. 그들에게 철책 너머 순사들은 제복을 입은 신선한 고깃덩어리로 보였다. 수백 명의 좀비들에게 완전한 변신을 도와줄 신선한 단백질이 필요했다. 좀비들의 본능은 맹목적으로 철책 너머에서 풍기는 살 냄새, 피 냄새에 이끌렸다. 그들은 고기 냄새에 이끌려 철책으로 밀려왔다. 선두의 좀비들이 철책에 닿았다. 통증을 느끼지 못하는 좀비들은 철책에 온몸을 찔리면서도 계속 철책을 밀었다. 얼굴이 가시 철망에 찢어지고 온몸이 터져 검은 체액이 쏟아졌다. 끔찍한 모습에 순사들이 철망 뒤로 한 걸음씩 물러섰다. 뒤에서 밀려오는 좀비들은 계속 앞선 좀비들을 밀어 댔다. 수백 명 좀비들의 힘이 하나로 철망에 작용했다. 조금씩 흔들리던 철책 말뚝들이 한순간에 뽑혀 나갔다. 철책이 요란한 소리를 내며 도미노처럼 쓰러져 내렸다.

혼비백산한 순사들이 뒤로 물러서며 사격을 시작했다.

"머리를 쳐라!"

말 탄 기마 순사들이 긴 칼을 들고 좀비들의 목을 내리쳤다. 새까만 체액을 분출하며 좀비의 머리가 땅바닥에 뒹굴었다. 머리를 잃은 좀비는 거짓말처럼 동작을 멈추었다.

"만세! 대일본 만세!"

순사들이 자신감을 얻은 듯 환호했다. 하지만 그 순간 독립군 좀비들의 눈에 불길이 이는 것은 눈치 채지 못했다. 죽음을 뛰어넘는 염원, 일본군을 물리치고 독립을 이루겠다는 염원이 좀비의 본능을 뛰어넘었다. 대여섯 명의 좀비들이 한꺼번에 기마병을 에워쌌다. 목이 물어뜯긴 말이 앞 나리를 치켜들고 몸부림쳤다. 기마 순사가 밑에서 떨어져 나뒹굴었다. 독립군 좀비들이 분노의 아가리를 들이댔다. 한순간에 땅에 떨어진 순사는 뼈만 남았다. 단백질을 섭취한 좀비들은 더욱 날렵해졌다. 그들은 민첩하게 순사들의 진영을 향해 달려들었다. 순사들과 좀비들의 백병전이 시작되었다. 철책을 지키던 십여 명의 순사들이 전멸하는 데에는 십여 분밖에 걸리지 않았다. 하지만 무너진 철책 뒷면에서는 다른 차원의 방어 체계가 구축되어 있었다.

"야포를 발사해라!"

밤새 설치된 야포가 좀비들을 향해 발사되었다. 포탄이 한 방 터질 때마다 구덩이가 움푹 파이며 수십 명의 좀비들이 하늘로 날았다. 직격탄을 맞은 좀비는 흔적 없이 분해되었다. 하지만 대부분의 좀비들은 내장이 노출되거나 팔다리를 잃은 채 계속 전진했다. 3대의 야포가 번갈아 포탄을 날렸다. 포탄이 고갈되어 갈 때 좀비들이 야포 위를 기어올랐다.

"전원 퇴각하라!"

더 이상 좀비를 봉쇄할 방법은 없었다. 독립군 좀비들이 후퇴하는 순사들을 붉은 눈을 부라리고 뒤쫓아 갔다. 친일파 좀비들은 좀비의 본능에 충실할 뿐이었다. 신선한 고기를 찾아 사방으로 흩어졌다.

경성 거주 일본인들은 이삿짐을 싸느라 난리통이었다. 한나절 안에 짐을 싸서 경성을 떠나야 한다는 경시청 명령이 떨어졌기 때문이었다. 일본인들은 영문도 모른 채 집을 떠나야 했다. 전 재산을 버려둔 채 손가방 몇 개를 들고 경성을 떠났다. 하지만 미처 연락을 받지 못했거나 재산에 미련을 버리지 못한 자들은 좀비의 방문을 받아야 했다.

대부분의 좀비들은 진고개에서 올라왔다. 게다가 마포 전용해 집에서 동진해 온 좀비들과 종로통에서 내려온 좀비들로 경성은 포위되었다.

경성 시민들은 하루아침에 나타난 걸어 다니는 송장들을 보고 경악했다. 보지도 듣지도 못했던 흉측한 괴물이 사람들을 마구 물어 죽이는 것을 보고 청계천에서 자경단이 조직되었다.

좀비가 청계천 인근까지 출몰하자 김산은 서둘러 호외를 작성했다.

———◆◆◆———

경성에 괴물이 창궐하니 청계천으로 피난하라

며칠 전부터 시작된 역병으로 경성에 괴물이 창궐하고 있다. 이 역병에 걸리거나 괴물에게 물리면 좀비라는 괴물이 되는데 군인들도 감당할 수 없어 퇴각하는 중이다. 괴물에게 개인으로 맞설 생각을 버리고 청계천에서 자경단을 조직하니 이곳으로 대피하기 바란다.

1932년 7월 28일 동아일보, 호외
구형보 기자

———◆◆◆———

잦은 외침과 환란에 시달려 온 조선인들은 빠르게 좀비들의 공격에 대응했다. 사생적으로 조직된 자경단에게 가장 큰 과제는 효과적인 무기들을 만들어 내는 것이었다.

좀비가 가장 위협적인 것은 치명적인 입때문이었다. 좀비에게 물리는 사람은 예외 없이 좀비 바이러스에 감염된다. 그렇기에 좀비를 멀리 밀어내는 기구가 먼저 만들어졌다. 긴 대나무 장대 끝에 둥근 공을 단 밀대는 안전거리를 확보하는 데 큰 도움을 주었다.

두 번째 무기는 좀비의 머리를 단번에 날리는 도구였다. 여러 가지 형태가 있었는데 망치처럼 머리를 터뜨리는 도구와 목 부위에서 머리를 분리시키는 도구가 개발되었다.

그 외에 좀비의 후각과 시각을 교란하는 고춧가루 물총, 멀리서 좀비의 다리를 묶을 수 있는 밧줄 총 등이 뚝딱뚝딱 만들어졌다.

놀라운 사실은 촉박한 시간에 사람들이 가정에서 구할 수 있는 물건을 들고 와 바로 무기화했다는 것이었다.

좀비가 청계천 인근까지 출몰하자 김산은 백백교 수사를 멈추었다. 먼저 어머니와 청계천 이웃들을 좀비들에게서 보호하는 일이 시급했다. 자연스럽게 청계천 지역의 자경단 단장은 김산이 맡게 되었다. 그가 제일 먼저 한 것은 청계천 주민 중 좀비들과 맞서 싸울 수 있는 사람들을 선발하는 일이었다. 주로 청년들이었지만 중장년도 제법 섞여 있었다. 아이들과 여자들 그리고 노약자들은 보강된 토막집 안에 숨게 했다.

"애야, 조심해라. 좀비들이 정말 위험하다고 하더라."

평생 삯바느질로 김산을 부양해온 어머니는 토막집에 들어가며 못내 걱정스런 시선을 김산에게서 거두지 못했다.

"어머니 걱정 마세요. 청계천은 지형적으로도 좀비들을 막아내기에 유리한 곳입니다."

어머니를 안심시킨 김산은 선발된 인원들을 전방, 후방조로 나누었다. 전방조는 말 그대로 좀비와 최전방에서 맞서 싸우는 인력이었다. 전방조는 가장 많은 무기와 방패로 무장시켰다. 후방조는 노약자를 보호하며 전방조를 지원해주는 역할을 해야 했다. 중장년층이 이 역할을 맡았다.

김산은 청계천 깍정이들을 전방조에 포함시켰다. 두려움을 모르는 어린 거지들은 의협심이 뛰어났기에 공격적 수비대로 최적이었다. 이발소 소년이 깍정이 부대를 이끌게 되었다. 하루 종일 이발소 창문으로 청계천을 바라보며 천변 사람들과 농을 걸던 그는 깍정이들의 리더가 되어 있었다.

"김산 아저씨, 황금정에 좀비들이 나타났다고 해요. 우리도 빨리 준비해야 해요."

이발소 소년은 역시 정보에 빨랐다.

"음! 시간이 없구나. 먼저 깍정이들을 시켜 청계천에서 천변으로 올라오는 사다리를 없애자꾸나."

김산은 좀비에 대한 대책을 세워 각기 조장들에게 지시했다.

후방조의 조장은 40대 은방 주인 최명석이었다. 그는 청계천에서 나름 유복하면서도 인심을 잃지 않은 몇 되지 않은 사람이었다. 인상이 유하고 착했지만 나름 완력도 있었다. 그는 보석에 관심이 많은 부녀자들에게도 인기가 많았기에 후방조 조장으로 알맞았다.

김산은 수첩에 청계천 지도를 그렸다. 지도에서 청계천에 유입되는 골목을 그리고 골목마다 필요한 무기와 인력을 그려 넣었다. 각 정목을 담당하는 별동순찰대도 조직했다.

"최 선생님은 부인들에게 대나무를 다듬게 해주세요. 죽창도 필요해요. 그리고 이 그림대로 '좀비 목따개'를 만들어주세요."

후방조 조장이 그림을 보니 처음 보는 희한한 장치였다. 긴 대나무 두 개의 한 쪽에 둥근 방패가 달렸고 다른 끝에는 ㄷ자 모양의 목걸이와 낫이 달렸다.

"아하! 이 장치로 멀리서 좀비의 목을 걸어 미는 장치군요. 위쪽 대나무에 달린 ㄷ자 모양 걸쇠에 좀비 목이 걸리면서 아래쪽 낫이 목을 자르는 이치군요."

은세공에 능한 그는 기계의 작동 원리에 밝았다. 한눈에 장치의 작동원리를 파악했다.

"그리고 이 그림은 '미는 방패' 같아요. 막대의 끝에 둥근 공이 달려 있어 좀비를 멀리서 때리거나 밀어내는 방패와 같군요. 이 무기들도 가능한 대로 빨리 만들겠습니다."

후방조 조장은 아녀자들을 모아 김산이 고안한 무기들을 제작하기 시작했다. 동네 아낙과 노인들이 모두 모여 무기를 만드는 광경은 대단했다.

"춘식이 엄마, 대나무를 베어와요."

"대장간에서 부엌칼과 낫도 가져와요."

할멈들이 쭈그려 앉아 베어온 대나무 줄기를 다듬었다. 다듬은 대나무 줄기 끝에 낫이나 부엌칼을 붙이는 것은 젊은 아낙들 몫이었다. 수십 명의 협업으로 완성된 무기들이 차곡차곡 쌓여갔다.

"좀비가 나타났다!"

천변에서 망을 보던 어린 깍정이 하나가 소리쳤다.

청계천 사람들은 김산이 훈련시킨 대로 일사분란하게 움직였다. 노약자들은 토막집에 숨었다. 전방조는 각기 배정된 무기를 들고 소리가 난 방향으로 달렸다. 잠시 후 키 크고 노란 머리의 좀비 셋이 전방조 깍정이들에게 잡혀 왔다.

"손님 대접이 거칠군."

"아니, 민치우 선생님 아니세요?"

김산에게 끌려온 것은 민치우였다.

"용서하십시오, 선생님. 아이들이 큰 실수를 한 것 같습니다."

김산은 정중히 민치우에게 사과했다.

"상관없네. 오는 길에 혹시 좀비를 만날까봐 노란 가발을 쓰고 좀비처럼 얼굴에 붉은 물감을 바르고 왔으니까. 오히려 경계가 철저한 것 같아 마음이 놓이네."

"그런데 같이 온 두 사람은 일행이세요?"

민치우는 김신 옆의 두 사람에게 다가가며 말했다.

"안녕하세요? 저는 금마차 마담이에요."

금발 가발을 벗은 사람은 금마차 마담이었다.

"김산 선생, 저도 좀 신세를 지러 왔습니다."

세 번째로 가발을 벗은 사람은 기무라 서장이었다. 종로의 치안을 책임진 사람이 좀비에게 쫓겨 가발을 쓰고 도망 왔다는 것이 믿어지지 않았다.

"와하하. 종로 서장 꼴좋다!"

"가발 쓰고 얼굴에 물감까지 바르고 청계천으로 왔네."

아이들이 깔깔대며 웃어 댔다. 기무라 서장은 돌아서서 겸연쩍은 미소를 지었다.

"괴물에게 쫓기는 기무라 서장을 내가 모셔왔다. 함께 괴물을 물리칠 분이니 정중히 대하거라."

민치우는 아이들을 엄하게 타일렀다.

"기무라 서장님, 경시청의 상황은 어떤가요?"

김산이 기무라 서장을 향해 물었다.

"자네도 알다시피 한시가 다르게 경성에 좀비가 퍼지고 있네. 경시청에서는 좀비 통제에 실패했다네."

"네? 그렇다면 경성 시민들은 누가 보호합니까?"

김산의 눈에 절망의 그림자가 비춰졌다.

"일본인들과 서양인들을 12시간 안에 경성에서 대피시키라는 소개령이 내려졌어."

민치우가 옆에서 말했다.

"그래서 우리 조선인들에게만 금족령이 내려졌구나."

"조선인들을 좀비의 먹이로 경성에 남겨두려는 거야."

"이런 나쁜 놈들."

자경대원들이 주먹을 불끈 쥐고 분개했다.

김산의 두 눈에도 분노의 눈물이 그렁거렸다. 기무라 서장은 뒤쪽으로 주춤거리며 물러섰다.

"저는 소개령과 아무 관련이 없습니다. 여러분들과 함께 좀비와 맞서 싸울 겁니다."

기무라 서장이 겁에 질린 목소리로 말했다.

"어차피 좀비에 포위되어 있으니 도망갈 길이 없어. 일본인이든 조선인이든 힘을 합쳐 싸워야 해."

민치우가 둘러선 사람들에게 말했다.

"그런데 기무라 서장님, 경시청에서 12시간이란 대피 시간을 정한 이유가 무엇입니까?"

민치우가 기무라 서장에게 물었다.

"일설로는 관동군 폭격기들이 출격 준비 중이라더군요. 백여 대의 폭격기에 소이탄을 적재 중이라 했어요. 경의선 열차로 장갑차가 이동 중이라고도 합니다."

기무라 서장이 기어들어가는 목소리로 말했다.

"뭐라고요? 좀비들을 박멸하기 위해 경성을 파괴시킨다는 말인가요?"

"우리가 살 수 있는 방법은 단순히 좀비를 막아내는 것이 아니군요. 12시간 안에 좀비를 전멸시켜야 하는군요."

둘러선 사람들이 흥분해서 기무라 서장을 노려보았다.

"폭격 후에는 장갑차 등을 투입해 무차별 공격을 할 거야. 민간인과 좀비의 구별이 잘 되지 않을거야. 기무라 서장, 경시청과 연락해서 폭격을 막도록 최선을 다해주시오, 부탁입니다."

민치우는 간곡하게 부탁했다.

"네, 민치우 선생님. 종로 경찰서에 도착하는 대로 경시청에 연락을 하겠습니다."

기무라 서장이 다시 머리를 조아렸다.

"민치우 선생님, 바이러스 연구 결과는 나왔나요?"

김산이 민치우에게 물었다.

"기뻐하게, 드디어 좀비 퇴치약이 개발됐다네."

"정말입니까? 선생님?"

"고양이 좀비를 상대로 한 실험에서 효과를 확인했네. 약이 살포된 좀비 고양이의 움직임이 느려지다가 한 시간 안에 숨을 거두었다네. 이 약들을 대량 생산해서 좀비에게 살포하는 기계를 만들어야 하네. 만약 인간 좀비에게도 효과가 있다면 경시청에 연락하겠네. 바로 경성 폭격을 중지해달라고 요청할 거야."

"대단하십니다. 역시 민치우 선생님이십니다."

"자네 토막집에 실험실이 있다고 했지?"

"실험실이라고 하기에는 부끄러운 시설입니다. 의대에 다닐 때 지도 교수님 연구를 도와드린 적이 있습니다. 그 인연으로 교수님께 낡은 실험 장비를 선물로 받았습니다."

김산은 민치우를 토막집 안 실험실로 안내했다. 청계천이 내려다보이는 토막집 한쪽에 마련된 작은 실험실이었다. 커다란 증류기와 번젠 버너와 시험관등 많은 실험 시설과 시약들이 선반 위에 정돈되어 있었다.

"오! 정말 훌륭해. 기대 이상이군."

민치우는 가죽 손가방에서 약병을 꺼냈다.

"괴물의 토막집에서 발견한 두 개의 약병으로 경성을 구할 수 있다니!"

민치우는 자신이 개발한 좀비 퇴치 약을 시험관에 따랐다. 푸른 형광빛이 시험관을 가득 채웠다. 시험관을 고정시킨 후 분젠 버너의 푸른 불꽃으로 가열했다. 색깔이 선홍빛으로 변하자 다시 다른 시약과 섞인 약이 커다란 증류기에 들어갔다. 모든 과정이 순조롭게 진행되었다.

"자, 이제 증류기에서 떨어지는 액체를 받아 모으면 된다네."

"저는 좀비에게 약을 살포할 기계를 찾아보겠습니다. 농약 분무기

파는 집을 알고 있습니다."

"좋은 생각이군. 어서 가져오게."

김산은 농약 판매상을 하는 김 사장 집으로 달려갔다.

"김 사장님, 분무기가 필요합니다."

"좀비 막는 데 무슨 도움이 될라나?"

지저분한 수염을 쓰다듬으며 예순을 넘긴 영감이 농약 가게 앞에 앉아 말했다.

"좀비 퇴치약을 넣어 분무할 장비가 필요해요."

"그렇다면 얼마든지 가져가게."

김산과 김 사장은 양 손에 분무기를 하나씩 걸고 민치우에게 달려갔다.

22
좀비, 청계천에 나타나다

전용해의 집 대문이 열리자 신자들이 비틀거리며 걸어 나왔다. 목에서는 검은 피가 흘렀고 얼굴은 검은 실핏줄이 덮여 있었다. 혈관 속에서는 좀비 바이러스가 증식하며 신선한 먹잇감을 찾도록 충동질했다. 좀비들은 느린 걸음으로 어기적거리며 마포 시장통을 걸었다. 아침 장을 보러 나온 식당 주인들과 아낙들이 좀비들을 보고 기겁하며 물러났다.

"아침부터 장사 망칠 일 있나? 저리 물러서지 못해!"

다리 밑 깍정이 패거리로 생각한 어물전 주인이 좀비들에게 소금을 뿌렸다. 하지만 좀비들은 주인을 바라보며 가게 앞을 떠나지 않았다.

"이놈들, 빨리 꺼지지 못해?"

주인이 그들의 어깨를 밀치며 가게를 떠날 것을 요구했다.

"아아악."

다음 순간 어물전 주인의 목에서 검붉은 피가 치솟았다. 마주선 좀비가 그의 목을 물어뜯었다. 뒤따르던 좀비 대여섯이 주인에게 덤벼들었다. 그들은 완벽한 변신을 위해 신선한 고기가 필요했다. 좀비들이 산 사람을 뜯어먹는 광경을 보고 시장 사람들이 비명을 질렀다. 그렇게 어물전을 지나 시장통 안으로 걸어가는 좀비는 수백 명이 넘었다. 그들 중에는 교주 전용해의 좀비도 섞여 있었다. 광에 갇혔던 무녀 이성녀도 좀비가 되어 무리에 끼어 있었다. 그들은 뒤처지는 사람들을 하나씩 물어뜯었다.

"어디로 도망치죠? 진고개도 좀비투성이고 종로통도 난리래요."

"청계천으로 갑시다. 김산이라는 사람이 자경단을 조직했는데, 무기도 많이 가지고 있대요."

"민치우 선생도 같이 싸운다고 하대요."

경성 안 소문은 빨랐다. 맨몸으로 가족들의 손을 잡고 달려온 피난민들이 청계천으로 밀려들었다.

"좀비들이 몰려온다!"

천변에서 망을 보던 이발소 소년이 피난민들을 보며 소리쳤다.

자경단원들의 얼굴에 긴장이 감돌았다. 그들에게 몰려오는 사람들의 수는 엄청났다. 앞에서 정신없이 달려오는 사람, 뒤쳐져 어기적거리며 걸어오는 사람들을 모두 합치면 몇 천은 됨직 했다.

"대장, 너무 수가 많아요. 우리가 막아 내기 힘들 것 같아요."

깍정이들 표정이 울상이 되었다.

"애들아, 자세히 봐라. 사람들 목에 상처가 없다. 피를 흘린 흔적도 없어."

몰려오는 사람들을 바라보던 김산이 말했다.

"걸음걸이도 정상이에요."

깍정이들이 소리쳤다.

"저 사람들은 좀비를 피해 우리에게 오고 있어."

"하지만 저 중에 좀비에 물린 사람이 섞여 있으면 어떻게 해요? 금방 좀비가 되어 병을 옮길 텐데요."

이발소 소년이 말했다.

"나도 그것이 걱정이야. 그러니 검사를 해서 몸에 상처가 없는 사람들만 받아들이자."

그들은 청계천 입구에서 피난민 검사를 시작했다. 각기 남녀 검사관들이 피난민들의 몸에 상처가 있는지 검은 핏줄이나 좀비의 징조가 있는지를 살폈다. 은방 집 주인은 진돗개를 가져와 상처 입은 사람이 있는지 냄새를 맡게도 했다.

"청계천에는 자경단이 있어서 안전하다고 들었어요."

"여러분들도 힘을 합쳐주세요. 그러면 좀비들을 쉽게 무찌를 수 있어요."

"저희들도 자경단에 넣어주세요."

"저도요! 저는 좀비들에게 가족을 잃었습니다. 좀비들이 우르르 몰려오더니 마누라와 아이들을 끌고 가버렸어요. 저만 간신히 도망 나왔지요!"

피난민들과 대화를 하면서 김산은 처참한 경성의 상황을 파악할 수 있었다.

"좀비 차장이 마포에서 청량리행 전차를 타고 다니는 것을 봤습니다. 전차를 몰고 다니다가 멋모르고 타는 승객들을 물어뜯었어요. 정말 끔찍했지요. 전차 안에 군데군데 살점이 뜯긴 여학생들과 회사원들의 시체가 가득했어요."

한 여성이 눈물을 흘리며 말했다.

마포 발 청량리 행 전차는 그녀가 출퇴근하는 전차였다. 김산은 순간 알 수 없는 불안감에 휩싸였다. 한 번 선을 본 적밖에 없는 그녀였지만 여러 번 전차에서 마주치며 알 수 없는 유대감이 생겨서일까. 김산은 그녀의 안위가 염려되어 잠시 마포 쪽을 바라보았다.

김산은 검사대를 통과한 피난민들을 두 개의 조로 나누도록 했다. 싸울 수 있는 자들은 좀비 목 따개와 밀 방패로 무장시켜 경비를 강화시켰다. 노약자는 후방조에 편입해 무기와 음식 조달을 준비시켰다.

피난민들 분류를 은방 주인에게 맡긴 김산은 민치우를 찾았다.

"좀비 퇴치약은 준비됐나요?"

김산이 토막집 실험실에 들어서며 말했다. 민치우가 두 명의 아낙과 함께 열심히 약을 생산해 내고 있었다.

"자, 보게. 벌써 세 통이나 만들었네. 어서 분무기에 담게."

새벽부터 만들기 시작한 약은 반나절만에 대야 3개에 가득 담겨 있었다. 황토빛 나는 끈끈한 액체였다. 김산과 깍정이들이 좀비 퇴치약을 농약 분무기에 담았다.

"동물 실험에는 성공했지만 사람 좀비에게 사용해보진 못했네. 조심히 사용하게."

민치우가 이마의 땀을 씻어 냈다.

"좀비다! 이번에는 진짜 좀비예요!"

그때 깍정이들과 이발소 소년이 외치는 소리가 났다.

분무기를 등에 진 김산이 황급히 토막집을 달려 나갔다. 텅 빈 황금정 남쪽에서 비틀거리는 좀비들이 하나둘 걸어왔다. 머리가 꺾인 좀비가 부러진 다리를 절며 다가왔다. 목에서 흘린 검은 피로 긴 머리카락을 적신 여자 좀비가 그 뒤를 따랐다.

"침착해라. 계획대로 좀비를 막아!"

김산이 소리쳤다.

덩치가 큰 깍정이 하나가 밀 방패로 좀비를 천변 쪽으로 밀었다. 좀비들이 아가리를 크게 벌리면서 다가오려 했지만 기다란 밀 방패가 좀비들을 멀리 밀어냈다.

"자, 이제 목 따개를 사용해봐!"

이발소 소년이 소리쳤다.

깍정이가 좀비 목 따개의 목걸이를 좀비의 목에 걸었다. 딜링이던 좀비의 목이 ㄷ자 형 목걸이에 걸렸다.

"목이 걸렸다. 목 따개를 힘껏 밀어!"

깍정이들이 소리쳤다.

다음 순간 좀비 목 따개가 힘껏 밀렸다. 목걸이 아래 달린 낫이 덜렁이는 머리를 가볍게 잘라냈다. 검은 피를 쏟으며 좀비의 머리가 청계천 안으로 굴러 떨어졌다.

"만세! 좀비를 해치웠다! 깍정이 만세!"

청계천 사람들과 피난민들은 첫 번째로 해치운 좀비를 보며 열광했다.

두 번째 좀비는 깍정이들이 무리지어 밀 방패로 밀었다. 청계천 쪽으로 밀리던 여자 좀비는 청계천 난간에서 떨어져 강바닥에 처박혔다. 물속에서 버둥거리던 좀비가 청계천에서 기어오르려 했지만 벌써 깍정이들이 사다리를 제거한 후였다.

"만세! 김산 아저씨 만세!"

깍정이들이 소리쳤다.

잠시 후 좀비들이 무리지어 걸어왔다. 깍정이들이 좀비를 다루는 모습을 본 피난민들도 무기를 들고 좀비들과 싸웠다. 청계천 자경대의 사기는 하늘을 찔렀다.

"김산, 좀비 퇴치약을 시험해보세."

민치우가 소리쳤다.

"지금 청계천에 갇힌 좀비들에게 약을 분무하려던 참입니다. 잘 보세요."

청계천 난간 아래에서 여섯 명의 좀비들이 강 위로 기어오르려고 버둥댔다. 김산은 그들 머리 위로 분무기 노즐을 향했다. 등에 진 분무기 통의 레버를 작동시키자 노즐에서 노란색 물안개가 뿜어져 나왔다. 노란 안개에 휩싸인 좀비들은 잠시 괴로운 듯 몸부림을 쳤다. 잠시후 좀비들의 움직임이 매우 느려졌다. 하지만 좀비들은 죽지 않았다. 김산과 민치우는 허탈한 표정으로 서로를 마주보았다.

"고양이 실험과는 다른 결과야. 큰일이군."

민치우가 탄식하듯 말했다.

"하지만 좀비들의 행동이 느려졌어요. 최소한 좀비들의 전진 속도는 늦출 수 있겠어요."

김산이 위로하듯 말했다.

"맞아. 약의 효과가 나타나는 적정량인 LD50를 생각 못했어. 사람과 동물의 LD50는 달라. 사람은 체중이 더 나가기에 더 강한 농도의 약이 필요했던 거야."

민치우는 청계천 속에서 천천히 꿈틀대는 좀비들을 바라봤다.

"이 약으로 경시청을 설득하기는 힘들어. 좀 더 효과적인 좀비 퇴치법을 찾아야 해. 앞으로 폭격까지는 8시간밖에 남지 않았어."

민치우의 안색이 청계천 강물보다 흐려졌다.

"걱정 마세요. 분명 좋은 방법이 있을 거예요."

김산이 말했다.

"좀비들이 몰려온다!"

전방조가 소리쳤다.

황금정 쪽에서 도로를 가득 채우며 좀비들이 끊임없이 몰려왔다. 거센 파도와 같아서 그들을 멈추게 하기에는 쉽지 않아 보였다.

전방조는 청계천 입구에 버티고 서서 좀비와 맞섰다. 좀비 목 따개로 좀비를 해치우는 것도 쉽지 않았다. 쉬지 않고 밀려오는 좀비 떼 중에서 한 명씩 좀비 목에 목 따개를 거는 것도 더 이상 용이치 않았다. 목 따개의 목걸이를 거는 순간 어느새 좌우로 다른 좀비들이 에워쌌기 때문이었다. 밀 방패로 좀비들을 강물에 떨어뜨리는 것은 그나마 좀 더 용이했다. 하지만 좀비들이 떼 지어 밀려올 때는 그들을 한번에 강물에 밀어 넣을 수는 없었다. 자연히 자경단은 조금씩 뒤로 물러서야 했다. 자경단과 좀비의 싸움은 갈수록 치열해졌다. 시간이 지나자 길바닥에 떨어진 좀비 머리 수만 수백이었다. 강물에 밀려 떨어진 좀비 또한 수백이었다. 자경단들도 지쳐 가기 시작했다. 계속해서 끔찍한 괴물들의 목을 자르는 것도 힘에 부쳤다. 좀비 목 따개의 대나무가 터져나갔다. 낫이 무뎌지고 부러졌다. 밀 방패의 밀대 역시 부러져 나갔다.

"빨리 무기들을 가져와!"

전방조들은 후방조를 향해 소리쳤다.

후방조 역시 무기를 만드느라 정신이 없었다. 처음 만들어보는 장치들이라 쉽사리 만들어지지 않았다. 겨우 장치를 완성하기가 무섭게 또 무기를 달라는 요청이 득달같이 왔다. 그나마 무기를 만들 힘도 없는 노인들은 주먹밥을 뭉쳤다. 전방조에서 싸우고 있는 사람들에게 주먹밥을 나르는 것 또한 노인들의 몫이었다. 이렇게 피난민들까지 동원되어 좀비들에게 맞서자 좀비들이 조금씩 뒤로 물러섰다.

"조심해, 민돌이!"

"악, 살려주세요!"

자경단원 하나가 좀비들에게 밀려 청계천에 떨어졌다. 청계천에 떨어진 사람은 순식간에 좀비들에게 물어 뜯겨 형태를 알아볼 수 없었다.

오후가 되자 종로통에서도 청계천을 향해 좀비들이 남하하기 시작했다. 청계천 사람들은 북쪽과 남쪽에서 좀비들의 공격을 동시에 받았다. 자경단원들의 인력이 둘로 나눠지자 피로감이 더해졌다. 비틀거리다 좀비에게 떠밀려 강 속에 빠지는 사람들이 늘어 갔다. 조금씩 자경단들이 수세에 밀렸다.

"김산, 이제 폭격까지 몇 시간 남지 않았어. 이대로 가다간 좀비를 막아 내는 것도 힘들 것 같군."

민치우가 파이프에서 연기를 피워 올리며 말했다.

"갈수록 좀비들의 힘은 거세지고 있어요. 인육을 먹은 좀비들은 강해지고 동작도 빨라지는 것 같아요."

"이제 강력하게 배합한 약을 사용할 때가 되었군. 좀비들의 동작을 느리게 해야 해."

김산은 분무통을 등에 지고 좀비들에게 다가갔다. 그는 좀비들을 향해 좀비 퇴치약을 분무했다. 노란 안개비가 좀비들을 뒤덮었다.

"꾸우욱."

좀비들이 몸부림쳤다. 어린 좀비들은 괴로워하며 바닥을 뒹굴기도 했다. 하지만 덩치 큰 좀비는 잠시 움직임을 멈추었다가 다시 천천히 걸어왔다.

뒷줄에서 김산을 향해 걸어오는 여자 좀비가 있었다. 단정한 감색 원피스를 입고 어깨까지 머리를 출렁이며 걷는 젊은 여인. 이목구비 선이 정갈한 여자. 그녀의 우윳빛 얼굴에는 거미줄 같은 혈관이 번져 있었고 목에는 살점이 뜯겨 있었다. 김산이 선을 본 여자였다. 여자는 김산을 바라보며 알듯알듯한 엷은 미소를 지었다.

"위험해요. 비켜요."

그때 김산을 밀치며 한 깍정이가 여자 좀비의 목에 목 따개를 걸었다. 여자의 목이 하늘로 들렸다.

"안 돼!"

김산이 소리치는 순간 날카로운 낫이 여자 좀비의 목을 지나갔다. 여자의 목은 분리되어 천변을 뒹굴었다. 김산의 두 눈에 눈물이 흘렀다.

"김산 씨와 교제하고 싶어요. 김산 씨처럼 성실한 사람이라면 직장이 없어도 괜찮아요. 언젠가는 뜻을 펼칠 수 있는 직장이 나타나겠죠.

그동안 제가 일을 하면 되잖아요."

그녀가 했던 말이 귓전에 맴돌았다. 김산은 그녀의 잘린 머리를 바라보며 잠시 명복을 빌었다.

"김산 형, 빨리 분무기를 뿌려요. 좀비들이 빨라졌어요."

깍정이들이 소리쳤다.

다시 분무통을 등에 지고 좀비들을 향해 약을 뿌렸다. 좀비 퇴치약에 노출된 좀비들은 힘과 속도가 절반 이상 약해졌다. 자연히 자경단원들은 쉽게 좀비들을 방어할 수 있었다.

자경단들이 좀비를 방어하고 있는 동안 피난민들은 청계천으로 유입되는 골목들을 하나씩 막았다. 자동차와 인력거, 목재 등 구할 수 있는 재료는 무엇이든 동원되었다. 피난민들의 짐과 수레, 인력거들도 도움이 되었다. 북쪽에서 내려오는 이정목, 남쪽에서 올라오는 삼정목을 빼곤 모든 골목이 이렇게 봉쇄되었다. 좀비들이 들어올 수 있는 양 쪽 통로에서는 분무통을 가진 두 사람이 좀비를 향해 약을 뿌렸다.

오전부터 시작된 좀비와의 전쟁은 오후 세 점이 되자 치열한 접전이 되었다. 경성의 전역에서 생성된 좀비들이 끊임없이 청계천으로 몰려들었다. 종로통에서는 청계천 괴물이 계속 행인들을 물어 좀비로 만들었다. 대갈 대감 저택에서 풀려난 좀비들은 경성 서남부를 헤집으며 좀비 바이러스를 퍼뜨렸다. 그중 마포발 전차 차장이었던 좀비는 전차를 몰고 다니며 수많은 승객들을 물어뜯었다. 좀비에 물린 사람들은 몇 시간이 지나면 좀비가 되었다.

좀비로의 변환 속도가 빠르다 보니 바이러스 전염 속도가 엄청났다. 경성 시내는 수십 명씩 떼로 몰려다니는 좀비들로 초토화되어 갔다. 청계천 유역만이 지리적인 이점을 이용한 효과적인 방어가 이루어졌다. 좀비들을 가두는 감옥이 된 청계천에는 수많은 좀비들이 채워졌다. 소문은 계속 퍼졌고 피난민들은 계속해서 청계천으로 몰렸다. 좀비들 또한 사람들의 냄새를 따라 몰려들었다. 계속 늘어나는 피난민들로 자경단은 충원되었다. 하지만 그와 비례해서 공격해오는 좀비들의 숫자들도 늘어갔다.

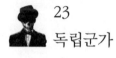 23
독립군가

"저 좀비는 독립군이에요!"

피난민 한 사람이 소리쳤다.

그 피난민은 만주에서 독립운동을 하다 최근 경성에 돌아온 중년 남자였다. 그는 전방대에서 좀비와 맞서고 있었다.

"맞아요, 저분은 윤봉길 씨에요!"

여기저기서 윤봉길을 알아본 사람들이 소리쳤다. 석 달 전 상하이 홍커우 공원에서 폭탄을 던져 일본군 사령관을 죽인 청년이었다. 신문에 실린 그의 사진과 기사를 보며 독립혼을 불태우던 국민들은 그를 쉽게 알아보았다.

　"윤봉길 만세!"

　"대한 독립 만세!"

　홍커우 공원에서 도시락 폭탄에 날아가던 일본군 장성들, 그들을 향해 윤봉길이 부르던 만세 소리. 순간 좀비가 된 윤봉길이 움칠 몸을 떨었다. 청계천에 울려 퍼지는 만세 소리가 그에게 어떤 자극을 주고 있는 것이 분명했다.

　자경단원들은 발을 동동 구르며 만세를 불렀다. 나라를 위해 목숨을 걸고 싸우던 독립군이 끔찍한 괴물이 된 것을 보며 하나같이 안타까워했다.

　"신대한국 독립군의 백만 용사야 조국에 부르심을 네가 아느냐
　삼천 리 삼천만의 우리 동포들 건지리 너와 나로다
　나가 나가 싸우러 나가 나가 나가 싸우러 나가
　독립문의 자유종이 울릴 때까지 싸우러 나아가세"

　자경단원들은 좀비가 된 윤봉길을 바라보며 독립군가를 불렀다. 누가 먼저 시작했는지는 모른다. 하지만 한 번 시작된 노래는 불길처럼 번져 우렁찬 군가로 울려 퍼졌다. 그것은 독립군 좀비에게 표하는 깊은 존경이었다.

　노래가 끝나자 한 자경단원이 목 따개를 독립군 좀비의 목에 걸었

다. 독립군을 영원한 좀비의 저주에서 해방시켜주려는 순간이었다.

바로 그때였다.

"멈춰라! 좀비가 눈물을 흘리고 있어!"

민치우가 급하게 소리쳤다.

윤봉길은 독립군가가 시작되는 순간부터 눈물을 흘리기 시작했다. 독립군으로서의 의식이 되살아났다는 것을 의미했다.

칼날이 그의 목을 자르기 직전에 좀비 목 따개가 거두어졌다.

"우어어어!"

독립군 좀비는 자경단원들을 향해 애끓는 소리로 소리쳤다. 좀비가 되어서도 조국을 사랑하는 한 독립군의 외침이었다. 검푸른 두 눈에서 피눈물이 흘러내렸다. 자경단원들의 가슴이 뭉클해지며 눈시울이 달아올랐다.

"……"

윤봉길은 입술을 움직이며 무언가 말을 하려했지만 말소리로 표현되지 못했다.

순간 민치우의 귀에 무언가 웅성거렸다. 하지만 무슨 말인지는 도저히 알아들을 수 없었다.

민치우는 눈을 감고 윤봉길을 향해 온 정신을 집중했다.

'윤봉길 씨 생전 기억을 되살려보세요. 당신은 조선 민족을 위해 헌신한 독립운동가입니다. 중국군 백만 명이 해내지 못한 일을 해냈어요. 당신은 좀비가 되어서도 조선인을 위해 할 일이 있습니다. 제발 다

른 좀비들을 무찔러주세요. 부탁입니다.'

온몸의 힘을 다해 업력으로 대화를 한 민치우는 무릎이 후들거림을 느꼈다. 눈을 뜨자 윤봉길은 민치우를 향해 덜렁이는 고개를 끄덕이고 있었다.

민치우는 윤봉길의 눈빛을 통해 그가 자신의 말을 알아들었음을 느낄 수 있었다. 하지만 민치우는 좀비가 된 윤봉길의 말을 알아들을 수는 없었다. 단 한 가지 분명한 것은 윤봉길이 좀비가 되어서도 조선 백성을 도울 것이라는 믿음이었다.

잠시 후 윤봉길 좀비의 두 눈이 푸르게 번뜩였다.

그는 뒤로 돌아 다른 좀비들을 향해 달렸다. 온몸으로 좀비들을 밀어붙이더니 닥치는 대로 좀비들을 물어뜯었다.

"꾸웨엑."

좀비들은 예기치 못한 공격에 놀라 사방으로 달아났다.

좀비와 좀비의 대결은 극적이었다. 좀비에게 물린 좀비는 극심한 통증에 시달리며 죽어 갔다. 부패해 가던 좀비의 피부가 염산에 노출된 듯 끓어올랐다. 열기가 심해서 그 자리에서 불타 숨지는 좀비도 있었다. 그래서 좀비들끼리는 좀처럼 서로 공격하지 않았던 것이었다. 독립군 좀비의 공격을 받은 좀비들이 하나둘 죽어 갔다. 청계천으로 끊임없이 몰려들던 좀비들은 뒤돌아 도망갔다.

"만세! 만만세! 독립군 좀비 만세!"

"독립군가를 부르자."

"독립군들은 좀비가 되어서도 동포를 위해 싸우는구나."

"나라 잃은 한이 얼마나 컸으면 좀비가 되어서도 나라를 위해 싸울까?"

사람들은 눈시울을 붉히며 독립군가를 불렀다.

독립군가와 민치우의 염력이 함께 작용하여 좀비의 기억을 되살린 것이었다. 좀비들 무리에 섞여 있던 다른 독립군 좀비들에게도 민치우가 말을 걸었다.

"독립군 여러분, 여러분들은 죽음과 삶의 경계에 머물러 있습니다. 여러분은 평생을 조국과 민족을 위해 봉사했습니다. 마지막 순간까지도 민족을 위해 좀비들을 물리쳐주기 바랍니다."

독립군가를 배경으로 들려오는 민치우의 목소리를 듣자 독립군 좀비들의 기억이 되살아났다. 좀비의 본능을 이겨낸 것이다. 나라를 위해 싸우던 마지막 의식이 살아나자 그들은 다른 좀비들과 순사들을 공격하기 시작했다. 도도하게 밀려오던 좀비의 물결이 내부에서부터 와해되기 시작했다.

"김산, 우리가 좀비를 퇴치하는 방법을 찾아냈네. 자동차가 필요해. 독립군가를 울려 퍼지게 할 확성기가 달린 자동차 말이네."

"민치우 선생님, 빨리 자동차를 마련해볼게요."

두 사람은 손을 맞잡고 기뻐했다.

"종로 경찰서로 가서 경찰차를 빌리는 것이 빠를 거야."

민치우가 말했다.

"기무라 서장님도 함께 가시지요. 종로 경찰서에서 경시청에 연락을 해야 할 테니까요."

김산이 기무라 서장에게 말했다.

"아, 네. 저도 따라가지요."

독립군 좀비를 보고 기가 죽었던 기무라 서장이 마지못해 대답했다.

"저도 같이 갈래요."

탐스러운 머릿단을 질끈 묶어 올리며 금마차 마담이 소리쳤다.

기무라 서장과 금마차 마담은 별동대와 함께 종로통으로 북진했다. 김산과 민치우가 이끄는 별동대는 독립군가를 우렁차게 부르며 전진했다. 좀비들에게 섞여 있던 독립군 좀비들이 정신을 차려 주변 좀비들을 공격했다.

"기무라 서장님도 독립군가를 부르세요. 살아남고 싶다면 말입니다."

별동대원들이 기무라 서장에게 말했다.

종로 서장 기무라는 멈칫거리다 독립군가를 따라 불렀다. 수많은 독립 운동가를 탄압하던 그가 독립군가를 부르는 모습은 한 편의 희극과 같았다.

"큭큭!"

별동대원들은 기무라 서장을 바라보며 웃음을 참지 못했다.

그들은 달려드는 좀비들에게 퇴치약을 분무하고 목 따개로 목을 잘랐다. 김산이 이끄는 별동대가 종로 경찰서에 도착하는 데는 많은 시간이 걸리지 않았다.

"폭격을 중지하라! 반복한다, 경성 폭격 계획을 중지하라!"

기무라 서장은 경찰서에 도착하자마자 전화기에 대고 소리쳤다.

"여기는 경시청. 종로 경찰, 폭격을 중단할 중대한 사유가 발생했는가?"

무전기에서 경시청 순사의 목소리가 울려나왔다.

"좀비가 퇴치되고 있다. 지금 속도라면 자정 안으로 대부분의 좀비가 사라질 것이다."

기무라 서장이 열정적인 목소리로 말했다.

"정말인가? 종로 경찰, 보고자의 관등성명을 말하라."

의혹에 찬 상대방의 목소리가 수화기를 통해 흘러나왔다.

"나는 종로 경찰서장 기무라 타로 서장이다! 다른 경찰 요원들은 좀비에게 전멸했다!"

"기무라 서장님, 반갑습니다. 서장님은 이미 대피하신 줄 알았습니다."

목소리가 금방 공손하게 바뀌었다.

"나는 경성을 떠나지 않는다. 끝까지 경성을 지킬 것이다. 그러니 폭격을 중지하라!"

기무라 서장은 탈출로가 막혔다는 말은 차마 하지 못하고 있었다.

"상부에 보고하겠습니다. 보고하려면 좀 더 상세한 정보가 필요합니다. 어떤 방법으로 좀비들이 퇴치되고 계십니까? 현재 어느 정도가 처리되었습니까?"

경시청 순사의 적극적인 목소리에서 가능성이 엿보였다.

"청계천에서 김산 씨가 조직한 자경단들이 좀비 목 따개 등 무기들을 사용해 좀비들을 효과적으로 방어하고 있다! 좀비 바이러스를 억제시키고 죽이는 좀비 퇴치약도 현장에서 개발되었다! 동물에게는 효과가 입증되었지만 인간 좀비에게는 좀 더 농도를 높여야 하는 문제점이 있긴 하지만, 좀비들의 행동을 느리게 하는 효과가 있어 좀비 퇴치에 큰 역할을 하고 있다. 결정적으로는 좀비들끼리 싸움을 유도하는 방법을 알아냈다는 것이다. 다른 좀비에게 물린 좀비는 피부가 녹으며 소멸한다!"

기무라 서장은 자신이 목격한 바를 간략하게 설명했다.

"정말 대단하군요. 짧은 시간 안에 많은 퇴치 방법을 고안해 내셨군요. 그러면 좀비끼리 싸움을 하게 하는 방법은 무엇입니까?"

순간 기무라 서장은 당황했다. 일본 경찰 서장이 독립군가를 불러 독립군 좀비들을 일깨운다는 말은 할 수 없었다. 독립군 좀비들이 경성의 좀비들을 박멸하고 있다는 이야기도 그들에게는 껄끄러우리라.

"자세한 사항은 추후에 보고하겠다. 현재 절반 정도의 좀비가 제거되었다. 지금 속도라면 하루이틀 안에 좀비들이 박멸될 것이다."

"보고 사항을 그대로 상부에 전달하겠습니다. 하지만 시간이 얼마 남지 않아서 취소가 힘들지도 모릅니다. 그러니 빨리 대피하시지요."

경시청 직원은 말꼬리를 흐렸다.

"대피? 어디로 대피한다는 말인가?"

기무라 서장이 긴급하게 물었다.

"경시청 지하실이나 종로 경찰서로 대피하십시오. 지금 말씀드린 장소에는 폭탄 투하를 자제해달라고 부탁하겠습니다.

이제 기무라 서장은 할 바를 다했다. 부디 관동군이 경성 폭격 계획을 취소해줄 것을 바랄 뿐이었다.

기무라 서장이 경시청과 통화를 마치자 별동대원들이 경찰서에서 나왔다.

경찰서 앞에는 출발 준비가 된 경찰차 두 대가 세워져 있었다. 진고개로 출동하려던 기무라 서장이 타려던 차였다.

"자 얼른 차에 타라."

경찰차 한 대에 다섯 명씩 올라탔다. 한 사람은 운전대를 잡았다. 다른 한 사람은 퇴치약을 분무하고 두 사람은 양 쪽 문에서 좀비 목따개로 공격했다. 기무라 서장도 중요한 일을 해야 했다. 우렁차게 독립군가를 부르는 것이었다.

'에라 모르겠다. 좀비를 쫓아내는 주문이라고 생각하자.'

기무라 서장은 다른 대원들을 따라 어설픈 독립군가를 소리쳐 불렀다.

"싸우러 나가 나가 나가 싸우러 나가
독립문의 자유종이 울릴 때까지 싸우러 나아가세"

그들이 부르는 독립군가와 민치우의 염력이 독립군 좀비들을 일깨왔다. 차갑게 굳은 피에서 독립의 열망을 불러일으켰다. 두 대의 경찰차는 각기 다른 방향으로 달리며 독립군가를 울렸다. 좀비들은 큰 혼란에 빠졌다. 사방으로 도망가는 좀비들을 독립군 좀비들이 마구 물어뜯었다. 물린 좀비들의 피부 타는 냄새가 고약하게 진동했다. 급성 감염을 일으킨 세균들이 페니실린 한 방으로 사라지듯이 경성에서 좀비들이 급격히 사라지기 시작했다.

경성에 흩어져 있던 수백 명 독립군 좀비들은 마법 탄환처럼 좀비들을 찾아 물리쳤다.

김산이 탄 경찰차는 종로통을 지나 마포 쪽으로 달렸다. 좀비들이 가장 많이 들끓는 지역이 마포였다.

"싸우러 나가 나가 나가 싸우러 나가, 끄윽."

몇 시간을 소리 높여 노래하던 대원이 목 쉰 소리를 냈다.

"자, 역할을 바꾸자. 내 노랫소리를 들어봐."

좀비들을 상대하던 대원이 마이크를 넘겨받았다. 역할이 바뀌자 성악가 출신 대원이 구성진 목소리로 독립군가를 불렀다. 독립군가와 민치우의 염력이 독립군 좀비들에게 즉각적인 효과를 가져왔다. 망국의 한을 풀 듯 다른 좀비들을 물어뜯었다.

24
좀비에 물리다

　마포에 도착하자 도로에 어슬렁거리는 좀비가 많이 눈에 띄었다. 질
주하는 경찰차에 달려드는 좀비들도 있었다. 하지만 경찰차는 속도를
늦출 수 없었다. 속도를 줄이는 순간 좀비 떼에 포위될 수 있기 때문이
었다.

　질주하는 경찰차 앞으로 달려온 좀비는 한순간에 차에 치어 나뒹굴
었다. 운이 나쁜 좀비들은 통나무처럼 둔탁한 소리를 내며 타이어 밑
으로 지나갔다. 경찰차의 옆면으로 덤벼드는 좀비들은 좀비 목따개로
해치웠다.

좌회전을 하려고 속도를 줄이는 순간이었다. 골목에서 튀어나온 좀비가 경찰차 보닛에 올라탔다. 유리창을 가로막고 민치우를 내려다본 것은 벌거벗은 여자 좀비였다. 왼손 새끼손가락이 없는 여자. 온몸에 군데군데 털이 나 있는 여자. 종로 경찰서를 궤멸시킨 청계천 괴물이었다. 거미줄처럼 검은 혈관이 얼굴을 뒤덮었지만 치명적인 매력을 흘리며 여자가 얼굴을 일그러뜨렸다.

갑자기 시야를 막는 끔찍한 괴물의 출현에 민치우는 속도를 줄여야 했다. 그러자 좀비는 한 손으로 열린 차창 모서리를 붙잡고 한 손으론 보닛 상단을 잡았다. 민치우가 다시 가속했다. 급가속과 급정거를 반복해서 관성을 이용해 좀비를 날리려는 시도였다. 하지만 소용없었다.

격하게 핸들을 돌려 회전했지만 좀비가 좀처럼 떨어지지 않았다. 가장 큰 문제는 시야 확보가 힘들다는 것이었다. 민치우가 자신도 모르게 차창으로 머리를 내미는 순간이었다.

"조심하세요, 민치우 씨!"

다른 대원들이 소리쳤다. 하지만 차 앞에 올라탄 좀비가 민치우의 목을 향하고 있었다.

"아앗!"

외마디 비명을 지르며 민치우가 브레이크를 밟았다.

타이어 타는 냄새가 진동했다. 브레이크가 파열될 듯 요란한 소리가 났다. 하지만 민치우의 귓전에는 정적이 감돌았다.

전면 유리를 올려봤다. 유리창 밖에서는 입에서 검은 피를 흘리는 좀비가 하늘로 솟아올랐다. 팔다리를 허우적거리며 차 위로 날아오르는 좀비는 한 마리 새와 같았다. 높이 치솟았던 좀비는 머리부터 땅에 떨어졌다. 퍽, 하는 소리와 함께 머리가 터지며 좀비의 뇌가 사방으로 튀었다.

"민치우 선생님!"

대원들이 민치우를 뒷좌석으로 옮겼다. 핸들을 바꿔 잡은 대원이 청계천으로 차를 돌렸다. 마포까지 일주했으니 목표는 달성했다.

뒷좌석에 앉았던 금마차 마담이 민치우의 목을 살폈다. 민치우의 목에는 약한 이빨 자국이 나 있었다. 좀비의 이빨이 스치는 순간 급정거가 이루어졌기에 약한 이빨 자국만 남은 것이었다.

"큰 상처가 없어서 다행입니다. 하지만 퇴치약으로 소독하는 것이 좋겠어요."

마담이 급하게 소리쳤다. 분무기를 멘 대원이 분무기 노즐을 민치우의 목에 갖다 댔다. 레버를 작동하자 노란 안개가 민치우의 목을 뒤덮었다. 무취의 안개가 시원하게만 느껴졌다.

"동지들, 고맙습니다."

민치우는 목을 따라 어깨로 흘러내리는 분무약을 닦았다.

그때, 그의 귀에서 정적과 소음이 반복되었다. 외상후장애가 시작된 것일까? 아니면 좀비 바이러스의 공격이 시작된 걸까? 민치우는 양손으로 귀를 막고 몸부림쳤다.

"민치우 선생님, 괜찮으세요?"

마담이 걱정스런 표정을 지으며 물었다.

"미리가 많이 아프고요."

민치우는 고통으로 한 쪽 입술을 비틀어 올렸다.

도로는 좀비와 인간의 싸움으로 폐허가 된 뒤였다. 피난민들이 흘리고 간 잡동사니, 목 잘린 좀비의 시체들로 너저분했다. 혼란을 틈타 약탈꾼이 휩쓸고 간 화신백화점에서는 검은 연기가 솟아올랐다. 종로통을 돌아 이정목을 거쳐 청계천으로 내려왔다. 청계천으로 연결된 유일한 통로였다. 도로를 달리는 동안 민치우의 귀에 좀비들의 목소리가 강하게 들려왔다.

청계천에서 들었던 윤봉길 좀비의 목소리는 알아들을 수 없는 잡음이었다. 윙윙거리던 벌 소리와도 같았다. 하지만 지금 민치우의 귓전을 울리는 것은 분명한 사람의 음성이었다. 거인의 목소리처럼 귀가 아프게 울려왔다.

"뭐라고요?"

민치우가 뒷좌석에서 차 안을 돌아보았다.

"아무도 말한 사람은 없는데요."

금마차 마담이 걱정스런 표정으로 민치우를 바라보았다.

민치우의 환청은 갈수록 심해졌다. 처음에는 하나의 목소리로 시작되어 수백 개의 외침이 되었다. 그것은 민치우만이 들을 수 있는 좀비들의 목소리들이었다. 민치우의 몸에 뚜렷한 변화가 일어나고 있었다. 괴물 좀비에게 물린 뒤 민치우도 좀비가 되어 가고 있는 것이다.

"동지들, 부탁이 있습니다."

자동차가 청계천어귀에 도착하자 민치우가 말했다.

"이것으로 내 목을……."

좀비 목 따개를 쥔 민치우의 손이 거칠게 떨렸다.

"안 돼요, 선생님. 저도 선생님과 함께 할 거예요."

금마차 마담이 울먹이며 민치우에게 입을 맞추었다.

"안, 안 돼."

민치우는 마담의 달콤한 입술을 느끼며 목따개를 내려놓았다.

경찰차로 마포까지 다녀온 자경단원들은 각기 가족들을 돌아보았다. 김산은 어머니가 피신하고 있는 토막집으로 들어섰다. 침침한 토막집에서는 노인들이 불안한 표정으로 김산을 맞이했다.

"아들아, 무사했구나. 천지신명께 네가 무사하기를 얼마나 빌었는지 몰라."

어머니는 김산을 안고 흐느꼈다.

"어머니, 걱정 마세요. 좀비들이 거의 사라졌어요."

김산의 두 눈에서 주체할 수 없는 눈물이 흘러내렸다.

"산이야, 말해봐라. 너 무슨 일 있었지?"

어머니의 예감은 무서웠다. 아들이 숨기는 것이 있음을 직감할 수 있었다.

"아니에요, 어머니. 건강하게 잘 계세요. 저는 좀비 퇴치를 위한 연구를 하기로 했어요. 한동안 뵙지 못할 것 같아요."

김산은 어머니의 두 눈을 바라보며 말했다. 험난한 세월을 홀몸으로 이겨내며 많은 것을 초월한 눈빛이었다.

"너도 몸조심해라. 민치우 선생님을 도와 많은 사람들을 구할 수 있다니 정말 자랑스럽구나."

"어머니, 잠시 후에 큰 폭격이 있을 겁니다. 그러니 다른 곳으로 피해 계세요."

김산은 그제야 임박한 폭격에 대해 말했다. 김산은 어머니와 다른 가족들을 경시청 지하실로 대피시켰다. 일본인들이 경성을 폭격한다면 그나마 제일 안전한 곳이 경시청일 거라는 생각에서였다.

어머니에게 큰 절을 올리고 돌아서는 김산의 가슴은 찢어지는 것 같았다. 경성에 대폭격이 오면 어머니를 다시 볼 수 없을지도 모른다는 생각 때문이었다.

토막집 앞에서는 민치우가 기다리고 있었다.

"민치우 선생님!"

소매로 눈물을 훔치며 나오던 김산이 민치우를 반갑게 불렀다. 민치우는 말없이 김산의 어깨를 다독여주었다.

잠시 후 김산은 민치우와 함께 연구실이 있는 토막집으로 들어섰다.

"선생님은 완전한 좀비가 되지 않을 거예요."

김산의 말을 들은 민치우가 의자에 걸터앉아 파이프에 불을 붙였다.

"정말일까? 하지만 내 몸에 바이러스가 감염된 것은 사실이라네. 좀비에 물린 뒤부터 끊임없이 좀비들의 목소리가 들려와. 사람들의 목을 보면 물어뜯고, 달콤한 피를 맛보고 싶은 충동이 불쑥불쑥 일어난단 말이야."

민치우가 괴로운 심정을 털어놓았다.

"선생님 몸에 바이러스가 침투한 건 사실입니다. 하지만 바로 좀비 퇴치약으로 소독을 했으니 바이러스는 약하게 조절됐을 겁니다. 물론 바이러스가 몸에서 사라지지는 않을 겁니다. 선생님은 좀비의 본능을 지니게 되겠지요. 하지만 선생님께는 그런 충동을 이겨낼 수 있는 강한 힘이 있어요."

"내가 다른 사람들에게 해를 끼치지는 않을까?"

민치우의 얼굴에 그늘이 드리워졌다.

"주기적으로 바이러스 억제제를 맞아야겠지요. 하지만 선생님은 좀비와 인간의 경계선을 유지할 수 있을 겁니다."

김산은 민치우를 안심시키며 약병 하나를 내밀었다. 짙은 황토빛 약이 든 작은 병이었다.

"이 약은 선생님이 개발하신 좀비 바이러스 억제제입니다. 이 약을 먹으면 환청에 도움이 되지 않을까요? 하지만, 모든 것은 양면이 있습니다. 선생님 몸의 좀비 바이러스는 다른 좀비들과 소통을 가능하게 해줄 수도 있을 겁니다. 귀에 들려오는 소리를 잘 들어보세요."

"이래서 파트너가 좋다는 건가? 내가 혼란스러울 때 자네가 나를 잘

추슬러주는군."

민치우는 김산이 준 약병을 주머니에 넣고 정신을 집중했다. 주파수를 맞추기 위해 다이얼을 돌리듯 그는 머리를 천천히 돌렸다. 어느 한 방향에서 그는 확실한 목소리를 들을 수 있었다. 그것은 종로통 방향이었다.

"백백백의의의적적적?"

민치우는 자신의 귀에 반복적으로 들려오는 소리를 중얼거렸다.

"뭔가 주문 소리가 들려와. 잠깐만, 이것은 백백교의 주문이야."

민치우의 얼굴이 석고 마스크처럼 굳었다.

"백백교 교주 전용해가 좀비가 되었다고 하더군요. 교인들을 물어 좀비로 만든다고 합니다."

김산도 긴장된 표정이었다.

"지금 경성에 나타난 좀비들은 생전의 의식 중 가장 강렬했던 의식을 지니고 있는 것 같아. 독립군 좀비들이 독립군가를 듣고 다른 좀비들을 공격했다는 것을 생각해봐."

민치우는 그동안 좀비들을 관찰하며 추리한 결과를 말하고 있었다. 생전 기억의 한 자투리를 붙잡고 있는 좀비들은 죽음과 삶의 경계인들이었다.

"그럼, 백백교 신자였던 좀비들은 어떤 의식을 가지고 있을까요?"

김산은 민치우의 귓전을 울리고 있을 백백교의 주문 소리를 상상하며 물었다. 생각만 해도 등에 소름이 돋았다.

"종교적 신념이겠지. 죽음을 불사하는 종교적 신념 말이야."

"그렇다면 신도 좀비들은 전용해의 주문에 따라 움직일 가능성이 있군요."

"조직적인 좀비들은 정말 무서운 존재가 될 거야."

민치우는 여러 방향으로 머리를 돌리며 다른 좀비들의 목소리에도 귀를 기울였다.

"주문이 들리는 곳은 어느 쪽입니까?"

"종로통 쪽이야."

"별동대를 그쪽으로 보내야 해요. 백백교 좀비들이 응집하기 전에 전용해를 찾아야 해요."

민치우는 김산의 어깨를 두드리며 일어섰다.

"김산 씨 만세! 민치우 선생님 만세!"

토막집 밖에서 기다리던 자경단원들은 두 사람을 보며 환호했다.

별동대원들이 두 대의 경찰차에 나눠 타고 종로통으로 향했다. 도로에서는 더 이상 좀비의 모습을 찾아보기 힘들었다. 대부분 좀비들이 독립군 좀비들에게 죽음을 당했고 얼마 남지 않은 좀비들은 마포 쪽으로 도망간 뒤였다.

경찰차가 종로 경찰서와 화신백화점을 지날 때였다.

화신백화점 앞 텅 빈 사거리에 흰옷을 입은 남자가 서 있었다. 검게 변한 얼굴에는 거미줄 같은 혈관이 뒤덮여 있었다. 피로 물든 입술이 끊임없이 들썩였다.

'백백백의의의적적적. 나의 신도들이여 모두 집결하라. 내가 너희에게 영생을 주었으니 이 세계를 구하라.'

민치우의 귀에만 들려온 음성이었다.

그러자 종로통 구석구석에서 스멀거리는 움직임이 감지되었다. 독립군 좀비들을 피해 숨어 있던 백백교 좀비들이 교주 전용해에게 몰려들었다. 순식간에 이십여 명의 좀비들이 전용해를 둘러쌌다.

전용해는 검은 얼굴을 들어 민치우의 경찰차를 바라보았다. 그는 바른 손을 들어 민치우를 가리켰다.

'저 자를 처단하라.'

좀비들이 민치우의 경찰차를 에워쌌다.

좀비들의 눈동자는 뚜렷한 목적의식으로 빛났다. 그들의 동작은 조화로운 팀워크였다. 교감과 텔레파시로 조율되는 움직임. 그것은 자경단원들에게 큰 위협이 되었다.

목 따개가 좀비의 목에 걸리자마자 옆에 있던 좀비가 밀쳐냈다. 또 다른 좀비는 무기를 들고 있던 자경단 대원을 차에서 끌어내렸다.

"안 돼, 삼식이!"

경찰차에서 비명이 울렸다. 하지만 수십 명의 좀비에 둘러싸인 뒤였다. 살과 뼈가 씹히는 소름끼치는 소리가 종로통에 울려 퍼졌다.

"후퇴, 후퇴하라!"

민치우가 소리쳤지만 어느새 퇴로도 차단된 뒤였다.

종로통은 어느새 수백 명의 백백교 좀비로 가득했다. 경찰차로 밀고 나가기엔 너무 많은 좀비들이었다.

'동해 천 리 밖에 둘레 삼천 리의 영주 땅이 솟아오를 것이다. 그 낙원에는 봉황과 기린이 놀고 불로초가 자란다. 너희들을 그 영주 땅으로 인도하여 벼슬과 부귀영화를 누리게 할 것이다.'

민치우의 귀에 전용해의 목소리가 끊임없이 들려왔다. 전용해의 목소리에 도취된 좀비들이 경찰차를 공격해왔다. 수백 명의 좀비들이 경찰차를 밀자 경찰차는 파도 위 낙엽 같았다. 민치우가 탄 자동차도 마찬가지였다.

"밀고 나갑시다!"

대원들이 차 안에서 소리쳤다. 자동차가 전속력으로 달렸다. 하지만 수백 명의 좀비들이 벽을 이루어 자동차를 막았다. 좀비들의 시체에 막혀 자동차는 헛바퀴를 돌 뿐이었다.

좀비들의 공격이 본격화되었다. 좀비들이 머리로 차창을 부딪쳤다. 차창에 금이 가며 요란한 소리가 나기 시작했다. 좀비들의 머리가 한두 번 터진 후 유리창이 깨져 나갔다. 깨진 창으로 좀비들의 손이 들어왔다. 얼굴과 멱살이 잡힌 대원들이 좀비들에게 하나씩 끌려 나갔다.

"좀비들아, 너희들의 몰골을 봐라! 너희를 이렇게 만든 것은 교주 전용해다. 너희들이 공격해야 할 상대도 전용해야. 너희들을 낙원이 아니라 지옥으로 데려온 사람이다!"

민치우는 마음속으로 이야기했다. 목숨이 위태로운 순간에 집중하기는 힘들었다. 하지만 그의 메시지가 좀비들에게 전달되었던 것일까?

"꾸에에엑."

"크르릉."

좀비들이 웅성대기 시작했다.

좀비들은 자신들을 돌아보고 서로의 모습을 바라보다가 이를 드러
내고 소리 질렀다. 그리고는 전용해를 일제히 바라보았다.

'믿음이 약한 자들아. 사악한 목소리에 속지 마라. 악마를 처단하라.
차에 탄 자들은 악마들이니라.'

좀비들이 다시 민치우의 경찰차를 바라보았다. 다시 좀비들 사이에
웅성거림이 시작되었다. 그들은 붙잡고 있던 자경단 대원들을 바닥에
내려놓았다. 좀비들은 천천히 전용해를 향해 발길을 옮겼다. 머리를
풀어헤친 무녀 좀비도 전용해에게 덤벼들었다.

'안 돼. 물러서라. 당장 물러서!'

전용해의 목소리가 민치우의 귀에 들려왔다.

잠시 후 전용해의 목소리는 흔적 없이 사라졌다. 수백 명의 좀비들
이 전용해의 몸을 뜯고 있었다. 두 대의 경찰차 뒤에 한 무리의 좀비들
이 다가왔다. 독립군 좀비들이었다.

'저희들이 조국을 위해 해드릴 일은 없습니까?'

독립군 좀비의 입술이 들썩였다. 하지만 정작 그의 말소리를 알아들
은 것은 민치우뿐이었다.

"당신들은 죽어서도 애국자들입니다. 조국과 동포를 대신해 여러분
들께 감사드립니다. 저 백백교 좀비들을 무찔러주세요."

민치우는 독립군 좀비들을 향해 정중하게 경례했다. 그들은 죽음을 넘어서서도 민족을 걱정하고 있었다.

'잠깐만요, 우리들은 평생 백백교에게 이용당하다가 좀비가 되었어요. 우리도 독립군과 같이 싸우고 싶습니다.'

민치우는 자신의 귀를 의심할 수밖에 없었다.

'백백교 신도들이 우리를 따른다면 우리는 반대하지 않겠소.'

독립군 대장이 말했다.

"경성을 돌며 남아 있는 좀비들을 완전히 제거해주세요. 부탁합니다."

민치우는 백백교 좀비들을 바라보며 마음속으로 말했다.

민치우와 좀비들이 무언의 대화를 나누는 것을 바라보며 자경단 대원들은 의아한 표정을 지었다.

25
경성 폭격

"김산 씨 북쪽 하늘을 보세요. 비행기들이 날아와요."

인왕산 너머로 검은 새떼가 나타났다.

거대한 새떼는 굉음을 내며 경성을 향해 날아왔다. 시베리아에서 날아오는 새떼는 아니었다. 경성을 좀비들과 같이 소멸시키기 위해 만주에서 출격한 폭격기 편대였다. 중폭격기 편대였다. 어항처럼 투명한 조종석 바닥을 통해 조종사들의 표정도 들여다보였다. 그들은 재미있는 게임을 하듯 식민지 수도를 내려다보았다.

"안 돼. 되돌아가!"

자경단 대원들이 북쪽 하늘을 향해 손을 내저었다. 하지만 폭탄을 가득 품은 백여 대 폭격기 편대가 경성 하늘을 검게 뒤덮었다. 미츠비시 엔진이 굉음을 내며 경성을 진동시켰다. 옆 사람과 대화를 나누기도 힘들었다.

"여러분 모두 피하세요!"

김산은 청계천을 바라보며 소리쳤다.

민치우의 얼굴도 납빛이 되었다. 결국 경시청과 관동군은 안전한 선택을 한 것이었다. 조금의 위험 부담도 원하지 않았다. 경성을 좀비 바이러스와 함께 철저히 궤멸시키려는 의도가 하늘을 검게 뒤덮었다.

잠시 후 중폭격기의 격납고가 열렸다.

비가 내리듯 폭탄들이 경성에 쏟아졌다. 비현실적인 광경이 눈앞에서 펼쳐졌다. 경성에서 불꽃놀이가 시작되었다. 땅이 울리고 건물이 흔들렸다. 고막이 찢어지는 듯 굉음이 계속되고 뜨거운 열폭풍과 흙먼지가 경성 하늘을 뒤덮었다.

대갈 대감 저택이 있는 진고개 쪽부터 불길이 일었다. 베르사이유 궁전을 본떠 만든 3층 저택이 산산이 부서졌다. 진고개의 일본인 주택들도 화염에 싸였다. 불길은 북진했다. 황금정을 불태우고 청개천 위에 집중 폭격이 시작되었다.

"동지들. 빨리 대피해!"

"어머니, 도망가세요!"

"여보! 애들아!"

불타오르는 청계천을 바라보며 자경단원들이 절규했다.

"피해라, 폭격이 올라온다!"

"경찰서 안으로 피하라!"

자경단 대원들과 좀비들이 경찰서 쪽으로 달렸다. 일본 폭격기들이 경찰서는 폭격하지 않기를 바라면서 경찰서 안으로 뛰어 들어갔다. 폭격 소리 속에 모든 사람들이 눈을 질끈 감고 마지막 순간에 대비했다. 지구의 마지막 날이 온 듯 굉음이 계속되었다.

얼마나 지났을까? 한동안 진행되던 폭파음이 일순간에 멈췄다. 윙윙 대던 비행기 엔진 소리도 조금씩 잦아지다 사라졌다.

"폭격이 멈춘 것 같군요."

"동지들, 파출소 안의 무기들을 들고 나갑시다."

자경단과 좀비들이 파출소 무기고를 열었다.

독립군 대장이 폭약 상자를 뜯었다. 그는 좀비들에게 폭약을 하나씩 나눠주었다. 자경단 단원들은 소총을 집어 들었다.

경찰서에서 나온 자경단원들은 불타오르는 남쪽을 바라보았다. 청계천 이남은 초토화되었다. 청계천에 수천 명 좀비가 갇혀 있다는 것을 알았을까? 폭격기들이 대부분의 폭탄을 청계천에 투하하고 떠난 것이었다. 청계천 주변 토막집촌은 깨끗이 사라진 뒤였다. 정겹던 천변 풍경은 추억으로만 남았다. 기진한 사람들이 연기로 가득한 천변을 거닐었다.

"어머니!"

"창희야!"

"여보!"

그리운 자들을 부르는 소리가 애를 끊는 듯했다. 좀비들도 대원들을 따라 천변을 거닐었다. 하지만 대부분의 청계천 가족들은 무사했다. 그들은 민치우의 지시에 따라 조선총독부 지하실에 대피하고 있었다.

대원들은 좀비들을 따라 천변을 거닐었다.

드르륵

땅을 울리는 장갑차 소리가 들려왔다.

'당신들의 복수를 하겠습니다. 우리는 조국을 위해 죽겠습니다.'

'우리들도 독립군과 같이 하겠습니다.'

독립군과 백백교 좀비들이 민치우에게 말했다.

"우리 모두 힘을 합해 일제와 싸웁시다."

민치우는 좀비대장 윤봉길의 손을 잡았다. 차가운 손에 뜨거운 피가 흐르는 것이 느껴졌다.

그때 청계천 이정목 입구에 장갑차가 나타났다. 장갑차의 포대가 좀비들을 향해 회전했다.

"피해라!"

민치우가 소리쳤다.

자경단 대원들과 좀비들이 사방으로 흩어졌다. 이어 포탄이 장갑차에서 발사되었다. 좀비 몇 명이 하늘로 날아올랐다.

화염이 걷히자 사지가 분리된 좀비가 장갑차로 기어갔다. 기어오는 좀비들을 향해 장갑차가 기관총을 발사했다. 좀비의 머리가 수백 조각 분해되어 하늘로 날았다. 하지만 다리 잃은 좀비 하나가 장갑차 밑으로 기어드는 것을 발견하지는 못했다. 독립군 윤봉길이었다. 그의 손에는 폭약이 들려 있었다.

'대한 독립 만세!'

민치우의 귀에 좀비의 마지막 외침이 들려왔다.

꽈꽝

요란한 폭발음이 청계천을 울렸다. 포대가 하늘로 날았다. 불꽃에 삼켜진 장갑차가 천변을 가로막았다.

'죽어서야 조국을 위해 싸워보네요.'

민치우의 귀에 섬뜩한 여자의 목소리가 들려왔다.

괴기스럽게 머릿단을 풀어헤친 무녀 이성녀 좀비였다. 무녀의 목소리 뒤로 천변 다른 쪽 끝에서 폭발음이 울렸다. 장갑차 한 대가 화염 속에 주저앉고 있었다. 폭약을 들고 장갑차 밑으로 들어간 무녀 좀비가 파괴시킨 장갑차였다. 앞뒤 장갑차가 주저앉자 수십 대 장갑차들의 발이 묶였다.

"지금이다. 장갑차에 불을 붙여라!"

깍정이들이 장갑차에 석유를 뿌렸다. 어떤 자경단원은 밀짚을 던졌다. 불타는 솜뭉치가 장갑차에 던져지자 장갑차가 불타올랐다.

"아, 뜨거워!"

장갑차병들이 연기를 피해 장갑차에서 기어 나왔다.

독립군 좀비들은 이 기회를 놓치지 않았다. 일본 장갑차병들의 목을 한순간에 물어뜯었다. 온몸을 비틀며 일본군들이 숨을 거두었다. 청계천에 들어선 장갑차들이 궤멸되었다. 하지만 다시 수십 대의 장갑차가 황금정에서 자경단을 향해 몰려들었다.

'독립의 순간까지 싸워주세요.'

독립군 좀비들의 마지막 말이 민치우의 귀를 울렸다. 좀비들은 수류탄을 입에 물고 장갑차를 향해 달려갔다.

"원수들이 강하다고 겁을 낼 건가 우리들이 약하다고 낙심할 건가.
정의의 날쌘 칼이 비끼는 곳에 이길 이 너와 나로다."

김산과 민치우는 그들을 향해 독립군가를 불렀다. 노을 지는 청계천 위로 웅장한 독립군가가 울려 퍼졌다.

전차가 모두 파괴된 뒤, 살아남은 좀비들은 인적이 드문 곳으로 숨었다. 하지만 민치우는 좀비와 인간의 경계선에서 외롭게 싸워나가야 했다. 지속적으로 좀비 억제제를 맞아야 했고 인육을 뜯고 싶은 충동을 매순간 이겨내야 했다.

하지만 얻은 것도 있었다. 상처가 생겨도 고통 없이 빨리 아물었다. 먹거나 자지 않아도 지치지 않는 지구력이 생겼다. 무엇보다 죽음의 경계를 넘나들며 영적인 존재와 대화할 수 있었다. 이렇게 탄생한 좀비 탐정, 민치우는 많은 미제 사건들을 해결해 나갔다. 유령 기자 김산과 함께.

경성 좀비대전은 일본에 의해 역사에서 지워졌다. 1932년 7월의 일주일간 경성에서 광견병이 유행했다는 기록만이 남아 있을 뿐이다.

26
에필로그

이 해 박는 집 지하실에 수백 개의 두개골이 진열되기 시작했다. 청계천에서 잘린 좀비들의 두개골이었다.

"조심하게. 자네까지 좀비에 물리면 안 되네."

민치우는 두개골 진열을 도와주는 김산에게 농을 걸었다.

"왜요? 제가 좀비가 아니라서요?"

김산은 한 손에 해골을 들고 말했다. 그가 들고 있는 것은 맞선을 보았던 여자의 두개골이었다. 맑은 눈동자가 빛나던 곳에 검은 그림자만이 드리워져 있었다. 한참 동안 그 해골을 들여다보던 김산은 나지막

한 음성으로 시 한 편을 읊조리기 시작했다. 죽음을 예찬하는 시였다.

시를 읽고 나 김산이 고개를 들자 민치우가 심각한 얼굴로 마주보고 있었다.

"흠, 언제 내가 좀비라는 것을 알았나?"

비밀이 노출된 것에 당황해 하며 민치우가 짐짓 신음했다.

"전에도 이상한 느낌은 있었어요. 뭔가 선생님을 감싸고 있는 다른 세상의 기운이랄까? 제가 판잣집에서 괴물의 공격을 받았을 때, 어떻게 그 시간, 그 장소에 선생님이 나타났을까 의아했습니다. 그런데 이제 대답을 얻었네요. 다른 좀비의 존재를 느끼는 능력, 그것은 바로 선생님이 좀비이기 때문에 가능했습니다. 그런데 정말 좀비라는 것을 확신하게된 것은 선생님이 좀비에 물린 뒤에도 큰 변화가 없었기 때문이죠."

김산이 담담하게 말을 이어 갔다.

그의 말을 들은 민치우는 한동안 생각에 잠긴 채 말이 없었다. 잠시후 그는 자신이 어렸을 때부터 이미 죽음의 환영을 보아왔다고 했다. 역병을 고치기 위해 먹었던 인육에 어떤 바이러스가 들어있었던 것 같다고 말했다. 그 바이러스가 민치우의 목숨을 구해준 대신 그를 인간과 좀비의 경계인으로 살게 했던 것이다.

"인간의 살이 그리웠네. 희고 부드러운 살에 이를 파묻고 마음껏 즐겨보고 싶었어. 하지만 그럴 수는 없었지. 나는 살인마가 아니니까. 그래서 미친 듯이 여자를 사귀었어. 그녀들의 벌거벗은 몸을 본을 떠서 마네킹을 만들며 스스로를 위로해야 했네."

김산은 민치우의 고백을 들으며 놀라지 않을 수 없었다. 인육을 먹고 싶은 충동 속에 살아왔다니. 도저히 믿을 수 없는 사실이었다. 어안이 벙벙해진 김산은 한동안 말을 잇지 못했다. 잠시 후 김산은 민치우에게 살아 있는 사람을 먹어본 적이 있느냐는 질문을 던졌다. 잠시 망설이던 민치우가 집게손가락을 들어올렸다. 단 한 사람을 먹어본 적이 있다고 했다. 이십여 년 전 한 여자를.

"그녀는 내 첫 사랑이었네."

자신의 가슴을 관통하는 커다란 구멍을 들여다보듯 공허한 목소리였다.

두 사람은 진심으로 사랑에 빠졌다. 여자 친구는 민치우가 원하는 것은 무엇이든 해주고 싶어 했다. 혈기가 왕성했던 민치우는 싱싱한 인육을 갈구했다. 짐승의 날고기로 위로 받기에는 한계가 있었다. 특히 사랑을 나누고 난 뒤에는 그녀의 투명한 살점이 너무나 간절했다.

"자, 마음대로 해요. 당신의 갈증을 풀어줄 수 있다면. 하지만 또 욕구가 느껴지면 나를 기억해줘."

여자친구는 순백의 목을 그에게 허락했다. 그는 살갗 한 점만, 손톱만큼만 맛보겠다고 했다. 하지만 날카로운 치아가 살을 파고들자 평생을 억눌러온 욕망이 풀려났다. 금단의 과실은 마약과 같았다. 자신 안에 갇혀 있던 좀비가 풀려나 애인의 살점을 포식했다. 정신을 차려보니 이미 애인은 숨진 뒤였다. 그 후 민치우는 다시는 인간의 육신을 탐할 수 없었다. 욕망은 이따금씩 끓어올랐지만 자신을 위해 죽어간 애인의 모습이 떠올라 인육을 먹을 수 없었다.

이야기가 끝나자 민치우는 애인의 두개골을 한 손으로 가리켰다. 향유를 발라 잘 관리한 두개골 앞에 꽃병이 놓여 있었다. 김산도 손에 들고 있던 두개골을 그 옆에 진열했다.

"살아남은 좀비들은 어디에 있을까요?"

김산이 화제를 돌렸다.

"대략 감이 느껴지는 좀비들이 있어. 하지만 아직 그들의 위치를 말해주고 싶지는 않네. 살아남은 자들은 거의 독립군 출신 좀비들이야. 강렬한 애국의 기억을 가지고 있기에 어디에 숨었어도 해는 되지 않을 거야. 배가 고프면 인육 대신 동물의 고기를 먹겠지."

"백백교와 친일파 좀비가 문제군요."

두 사람은 두개골 정리를 마쳤다. 칠백여 개의 두개골에 숫자를 적어 목록화 하는 작업이었다. 민치우는 두개골 계측기로 개별 두개골에서 백여 개의 수치를 재기 시작했다. 계측치를 통해 통계 자료를 만들려는 것이었다.

"민 선생님, 이렇게 힘든 연구를 하시는 이유가 뭔가요?"

김산이 불쑥 물었다.

"나는 주검과 함께 할 때가 가장 편하다네."

민치우는 김산을 돌아보며 농담하듯 말했다. 하지만 그의 진지한 표정을 보고는 헛기침을 한 번 한 뒤 형태인류학적인 설명을 시작했다.

"한국인은 고구마 두상으로 귓구멍에서 두정점까지의 거리가 세계에서 가장 높다네. 반면 머리 앞뒤는 가장 납작하지. 또한 광대뼈가 넓적하고 턱이 큰 특징들을 가졌는데 이는 시베리아에서 온 북방계와 남방계의 형질이 각기 섞인 것이야. 반면 일본인들은 앞뒤가 짱구이며 두이고가 낮고 안폭이 좁고 코는 높아. 우리 민족과 반대되는 형질이라네. 일본인들은 이를 근거로 자신들이 유럽인들과 더 가까운 우성 인류이기에 열성인 조선인들을 통치해야 한다는 논리를 개발하고 있어. 학문적으로 식민통치를 합리화하는 무서운 계획이지."

민치우의 목소리에 비장함이 서려 있었다.

"일본의 음모에 맞서기 위해 연구를 해오셨군요!"

김산은 고개를 깊이 끄덕였다.

잠시 후 초인종이 울렸다.

"탐정 사무실에서 연락이 왔군. 금마차 마담이 의뢰를 접수했다는 신호야."

민치우는 의미 있는 미소를 지으며 말했다.

두 사람은 의뢰인을 만나기 위해 치과로 올라갔다.

이제 두 사람 앞에 어떤 사건들이 전개될 것인가?

괴물 사냥꾼 대모집

근래에 경성은 괴물들의 창궐로 큰 위기를 당했지만 조선인들의 용기와 지혜로 이를 극복하였다. 명탐정 민치우의 지휘 아래 청계천의 민초들이 의연히 일어나 괴물들을 물리쳤던 것이다. 하지만 소수이기는 하나 살아남은 괴물들이 있어 괴물 사냥꾼을 모집하는 바이다. 신체 건강한 청장년들의 대폭적인 지원을 바라는 바이다.

1932년 8월 15일 동아일보

구형보 기자

후기

　나는 현재 경기도 제2경찰청 과학수사대의 골격수사연구회 자문위원을 맡고 있다. 추리작가이자 치과의사로서의 경험을 살려 현장에서 변사체들의 치아 감식을 도와주는 일을 하는 중이다. 이러한 업무는 엄밀한 과학적 과정이지만 동시에 작가적 상상력에 영감을 제공해주는 것도 사실이다.

　과학수사대에서는 신원미상, 사인미상의 변사체가 발견될 때면 내게 연락을 하곤 한다. 나는 환자들을 부원장에게 맡기고 과학수사대 차량에 오른다. 감식요원들과 함께 현장으로 달리는 동안 많은 상상을 한다. 이전에 감식했던 변사체들의 사인을 생각해보기도 한다. 시체를 감식했을 때의 감회도 떠올린다. 사체의 치아는 액화되어 흘러내린 피부로 덮여 갈색이었다. 치아를 알콜 솜과 칫솔로 닦고 감식하면서는 고인의 억울함을 풀어줘야 한다는 생각뿐이었다.

이러한 삶 속에서 추리문학은 나의 삶이자 정체성이 되어 가고 있다. 현장 감식에서 서재로 돌아오면 나는 다시 추리작가로서의 상상력에 사로잡힌다.

나는 몇 년째 경성을 소재로 한 정통 추리소설을 쓰려는 생각을 해왔다. 경성을 배경으로 치과의사를 탐정으로 한 역사추리를 구상해온 것이다. 나의 상상력은 100년 전으로 시간 이동해 경성이라는 매력적인 도시로 옮겨 갔다. 이 작품을 쓰기 위해 나는 수십 권의 경성 관련 도서를 읽으며 경성의 문물을 익혀야 했다. 독자에게 감동을 주는 독창적인 창작물을 만들기 위해 잠 못 이루는 많은 밤을 보내야 했다.

소설 속 내 탐정이 상대해야 할 상대는 인간이 아닌 좀비로 설정되었다. 좀비는 시대적 상황에 맞게 731부대에서 탄생했다. 731부대에서 죽어 가는 인간을 다시 살아나게 만드는 좀비 바이러스가 만들어졌다. 그 바이러스들이 경성에 확산되어 모든 인간 군상들을 좀비로 변화시킨다. 모든 부류의 인간이 좀비로 변하는 과정을 통해 나는 인간의 본성을 적나라하게 표출하고 싶었다. 인간의 내면 깊숙이 뿌리내린 광기와 본능이 좀비의 탈을 쓰고 포효하기 시작했다.

나의 상상력에서 풀려난 좀비들은 한순간에 경성을 초토화시켜버렸다. 그들은 스스로 사고하며 걸어 다니는 시체가 된 것이다. 그들은 해마라는 뇌의 일부에 가장 강렬했던 기억 하나씩을 간직하고 있다. 명탐정의 도움으로 죽어서도 잊지 못할, 또한 잊어서는 안 되는 기억들을 찾아내며 정체성을 찾아 간다. 그것이 못다 이룬 사랑일 수도, 독립의 염원일 수도, 종교적 신념일 수도 있다. 그 기억이 좀비를 더 추악하게도 만들고 더 선하게도 만든다. 결국 좀비들은 스스로 변화를 겪으며 경성 좀비 대전을 마무리 짓는다.

이렇게 해서 1930년대의 온갖 흥미로운 인물들과 사건들을 중심으로 한 좀비물이자 이를 헤쳐 나가는 추리물이 탄생했다. 그 결과 나도 모르고 있던 경성의 흥미로운 에피소드들과 인물들을 알게 된 것은 작가로서 커다란 수확이었다. 경성은 일제 지배 하에서 신음하던 단순한 식민지 수도가 아니었다. 당시 경성의 청춘들은 오늘날과 마찬가지로 취업난에 시달리면서도 새로운 문물을 찾아 모던보이와 모던걸을 추구했다.

당시에도 황금정(을지로)에는 네온사인이 현란했고 여학생들은 금시계를 손목에 차는 것이 유행이었다. 내지인(일본인)들이 많이 거주하던 남산 밑 진고개에는 일본인들과 친일파들의 호화스런 저택들이 즐비했다. 그중 친일파 대갈 대감의 저택이 이 소설의 배경으로 등장한다.

무녀 이성녀를 주인공으로 한 죽첨동 유아 살인 사건은 설정과 세부 사항이 모두 실화에 기초한 것임을 밝힌다. 백백교 교주의 설정과 일부 에피소드도 실화다. 이러한 실존 인물과 에피소드들을 좀비 광시극에 녹이는 것은 쉬운 일만은 아니었다. 하지만 일단 당시의 인물들이 좀비로 되살아나자 그들은 스스로 경성 시내를 어슬렁거리기 시작했다. 좀비들이 독자들의 상상력도 점령해버리기를 바라는 것은 나의 지나친 기대일까?

마지막으로 이 글에 도움을 주신 분들께 감사드린다. 한국인의 두개골 형질에 관한 자문을 해주신 조용진 교수님을 비롯해서, 숭의여대 김양호 교수님과 권영임, 강지영 작가님을 비롯한 토요 소설세미나 회원분들, 그리고 이상우, 이수광, 최종철, 유명우, 장량, 정명섭 작가 등 한국추리작가협회 작가분들과 지원을 아끼지 않는 수림문화재단에도 깊은 감사를 드린다.

2015년 7월에
김재성

● 참조 문헌

『천변풍경』 박태원 장편소설-한국문학전집10

　　　　박태원 저/장수익 편 | 문학과지성사 | 2005년 01월

『경성기담 : 근대 조선을 뒤흔든 살인 사건과 스캔들』

　　　　전봉관 저 | 살림출판사 | 2006년 07월

『경성부사 제1권』 국역(양장)-서울사료총서11

　　　　편집부 저 | 서울특별시사편찬위원회 | 2012년 03월

『경성부사 제2권』 국역(양장)-서울사료총서12

　　　　편집부 저 | 서울특별시사편찬위원회 | 2013년 01월

『경성을 뒤흔든 11가지 연애사건 : 모던걸과 모던보이를 매혹시킨 치명적인

　　　　스캔들』 이철 저 | 다산초당 | 2008년 06월

『모던뽀이, 경성을 거닐다 : 만문만화로 보는 근대의 얼굴』

　　　　신명직 저 | 현실문화연구(현문서가) | 2003년 02월

『경성 리포트 : 식민지 일상에서 오늘의 우리를 보다』

　　　　최병택,예지숙 공저 | 시공사 | 2009년 08월

『경성, 카메라 산책 : 사진으로 읽는 경성 사람, 경성 풍경』

　　　　이경민 저 | 아카이브북스 | 2012년 10월

『100년 전 일본인의 경성 엿보기』 아오야기 쓰나타로 저/

　　　　구태훈,박선옥 편역 | 재팬리서치 | 2010년 08월

『소설가 구보씨의 일일』 한국문학전집15

　　　　박태원 저 | 문학과지성사 | 2005년 04월

경성좀비탐정록

1판1쇄 발행 2015년 7월 3일
지은이 김재성
발행인 홍은정
발행처 신밧드 미디어
　　　　　* 도서출판 홈즈는 신밧드 미디어의 임프린트사입니다.
주소 경기도 의정부시 청사로 41 삼성 프라자 505
대표전화 031-852-0028
팩시밀리 031-352-2808
출판등록 2011년 3월 16일 (978-89)966140
홈페이지 www.셜록홈즈.com
이 메 일 comrx@naver.com

ISBN 978-89-966140-4-3
가격 12,000원

D.